JN152144

オオカミ陛下は愛妻家

BAKI KUMOHA
くもはばき

CHOCOLAT
BUNKO

ILLUSTRATION 北沢きょう

CONTENTS

一、

母なる神は混沌（こんとん）から光と闇、空と海と山を分けた後、山の土から四人の娘を作られた。

娘たちの内、獣を愛したものは東の丘へ。緑を愛したものは南の森へ。

そして母なる神を愛したものは北の海へ向かい、土と契（ちぎ）ったものはその山に留（とど）まった。

＊　＊　＊

エウドキアの故郷（こきょう）・ネレイデスに伝わる神話には、男神（おがみ）が登場しない。なぜならネレイデスに住む多くの民は〈母なる神を愛したもの〉の末裔（まつえい）と言われる妖精族、中でも特に始祖の娘に近く、女だけで生殖を行うことのできる種族〈ニュンペ〉であるからだ。

今でも島の女たちの多くは、ニュンペ同士で恋をし愛を育（はぐく）み命を紡いでいる。男と契れば必ず相手と同じ種族の男児を産むが、ニュンペの両親の間に産まれるのは必ずニュンペの娘であるため、島にはそもそもそれほど男がいない。

しかしニュンペの娘たちはその「男と契れば必ず男児を産む」という稀有な特徴により、古来から世界じゅうの後宮へ召し上げられてきた。そのため、ネレイデスは今なお〈花嫁の名産地〉としてよく知られ、伴侶を求めて見合いのために島を訪れる他種族の者が後を絶たない。

とは言え見合いをする娘たちの多くは〈男〉というものをそれほど知らずに育ち、そして伴侶によって初めて実際の〈男〉を知ることになる。

ネレイデスで女王の長子として生まれたエウドキアにとっても、それは例外ではない。こうして十八歳で嫁ぐことになるまで、エウドキアには〈男〉というものに触れる機会がついぞなかった。――自分自身の肉体の他には。

「雲が切れて参りました。どうです妃殿下。少しお日様に当たられては」

人狼種の若い馭者が、幌馬車の中で縮こまっているエウドキアを見た。ヘッドドレスから垂れたベールの向こうに、腰元で揺れる大きな尾や、花柄のスカーフから突き出た三角の狼の耳が見える。エウドキアが大きく首を横に振ったのを認め、馭者の女はその尾をぺたんとベンチに横たえた。そして、気遣わしげにまた口を開く。

「馬車酔いがお辛いようでしたら、なるべく遠くの景色をご覧になると少し気分がよくなりますよ。間もなく休憩にしますから、もうしばしご辛抱くださいね」

幌馬車は土埃（つちぼこり）を上げながら草原を駆（か）けている。けれど景色にはもう何日も、変わったところが見られない。

見渡す限りの平野に広がるのは背の低いイネ科の草（オリザ）と、赤いケシの花（パパルーナ）。ほかは、放牧された羊の群や布でできた遊牧民の家が時折目に入るだけ。ネレイデスにいた頃に聞いていた風の運ぶ潮騒（しおさい）や、庭の鮮やかな花々が懐かしい。それほど愛着のない故郷でも、離れてみれば美しい思い出ばかりが蘇（よみがえ）った。

エウドキアは忌（い）み子だ。女王がまだ未婚の王女であった頃、王宮で秘密裏に産み落とされた。

父親については、分かっていることの方が少ない。母がニュンペであるため父親はエウドキアと同じ波打つような金髪と青い目の、〈水に宿った残留思念を視る力〉を持った妖精族の男であるということだけは確かなのだけれど。

〈母なる神を愛したもの〉の末裔であると言われる妖精族は、ヒトの身体構造や感覚が強化された種族だ。

特徴の種類は様々あるが、両性具有など身体構造に特徴があるニュンペのような者は〈身体型〉、視覚や聴覚などの感覚が鋭敏（えいびん）に発達していたり超能力を持っていたりするエウドキアのような者は〈感覚型〉と呼ばれている。

エウドキアは生まれつき、水に触れることでその水と同じ場所にいた生物の残留思念を視ることができた。

この能力によってエウドキアは、離宮に出入りする乳母や侍女たちが自分を厭う理由をずいぶん幼い内から知ることになった。種族の純血を重んじる王族において、エウドキアは穢れた存在以外の何者でもなかったのだ。「女王陛下は、一体なんのお考えがあってあんなのを生かしておくのか」と、誰もかれもが思っていた。

しかしエウドキアは、どうしてか今も生きている。城の離宮に隔離され、晴れた日は庭木の世話をし雨の日は本を読むという晴耕雨読の生活を送ってきた。

幼い頃はそれこそ「自分はお母様に愛されているから生かされているに違いない」と思っていた。だからいつ母親が会いに来てもいいよう、美しい花々で彩られた庭で母親を出迎える日を心待ちにしながら、熱心に庭木の世話をしたのだ。

けれど当の母親は何年経っても自分に会いに来るようなことはなく、いつしかエウドキアも「自分は母親に愛されている」などとは夢にも思わなくなった。

そのため庭木の世話はエウドキアにとって単なる「暇つぶし」もしくは「気晴らし」のひとつになったが、とは言え手塩にかけて育てた花たちがエウドキアの荒んだ心を癒し続けたのは確かだ。

濃い桃色のブカンヴィリアに、白や黄色のポロメリア。手間を惜しまず世話をし続けた甲斐あって、庭は常に美しく香り高い花や木々に溢れている。

強いて言えばそれらが自分と自分を厭う者の目にしか触れないのが虚しかったけれど、それでも花を育てることはエウドキアの生き甲斐だった。

母は結局、最後の一度を除いて離宮を訪れることはなかった。そしてその日、離宮を訪れた母は十余年ぶりに対面した息子へ、ある選択を迫ったのだ。

東の果てで人狼の王の花嫁となるか、さもなくば死か。

「……人狼というのは、男と男で番う種なのでしょうか」

素朴な疑問が、戸惑い、落ち着きをなくす感情を追い越してエウドキアの口をついた。

「そうした類の種が、わざわざこの島へ伴侶を求めに来るとでも？」

テーブルを挟んだ差し向かいの女王は、窓の外に揺れるブカンヴィリアを眺めたまま冷ややかに発した。

「蛮族の考えなど、妾には分からぬ。しかし『見初めた』と言っていたぞ。客殿から、この離れで土いじりをするそなたを見たのだそうだ」

城の隅にある、小さな離宮と猫の額ほどの庭。それが、エウドキアの暮らす世界の全てだった。

石塀に囲まれてはいるが、なるほど城の中でも一際高い場所にある客殿からであれば見下ろすこともできるのかもしれない。

「しかし……見えたと言っても人の姿など、米粒ほどの大きさでしょう」

「いかにも。しかし、人狼は化け物じみた視力を持つようだ。ニュンペではなく男であっても構わないと、彼の王は『銀狼の花嫁が黄金の髪の御子というのは月と太陽のようで縁起がいい』などと吹いておったわ。血も継げぬ男を男が娶るなど……穢らわしいことだ」

確かに、エウドキアも「両性具有でもないのに変わったことをする人もいたものだ」とは思う。しかし自分たちのことは棚に上げて、母は男と男が番うことの何がそんなに気に入らないのだろう。

そんなことが気になりはしたものの、不機嫌を撒き散らしている母親を刺激するのも躊躇われたので黙っていた。

「彼奴は是が非でもお前を手元に置くつもりだ。王室としても、お前をここへ留め置く理由はない。……かの王国は、敵対するには些か厄介だからな。縁談を拒むようなら、これまでと同じように生かしておくことはできん」

エウドキアはただ一言「さようでございましたか」と返し、目線を母の横顔から自分の手元へ下げた。

「私は――」

どうして産み落とされ、どうして生かされてきたのでしょうか。

そんな積年の疑問は「今更そんなことを聞いて、一体何になるんだ」という諦めに形を変えて発せられた。

「――お嫁に行きます。私にも、どうしてもここにいたい理由はありませんから」

エウドキアがそう言うと、母は心なしかほっとしたように「そうか」と言って頷いた。

「では、東方の言語と習慣を学ぶための書物を届けさせよう。向こうは峠(とうげ)の雪がとけねば馬車を出せんそうだからな。輿入れは春になる」

「お気遣い感謝致します」

「勘違いするな。いくら蛮族にくれてやるものだとて、我が国の名折れになっては困る。それだけのことだ」

目を伏せたままそう言って、母は席を立ち踵(きびす)を返した。エウドキアもまた咄嗟(とっさ)に椅子から腰を浮かせたが、侍女衆に阻まれてきちんとした見送りは叶わなかった。

母親からの愛情なんて、とっくの昔に見限ったはずだった。けれども実際にその顔を見たら――記憶の限りでは初めてだったのにも拘わらず――冷たくされることでこんなにも悲しい気持ちになるなんて思わなかった。

知らず識らずの内に、少しだけでも愛情の片鱗を見せてくれるのではないかと期待していたのかもしれない。

けれど現実は、エウドキアの期待を裏切った。だからこそ、疑問だけが残る。自分はどうして、今日まで彼女に生かされてきたのか。

残されたエウドキアはしばらく呆然と座ったままでいたものの、自分のくしゃみで我に帰り、寒さのあまり両腕を摩った。

暖炉の薪が燃え尽きていた。どうりで寒いはずだと思い新たに薪を焚べ、かじかむ指で石を打った。夕食は既に運ばれていたが、食欲はなかった。

今日はもう、体を拭いてさっさと寝てしまおう。そう考えて、柄杓と鍋を手に取った。その時だ。

水瓶に柄杓を入れた拍子に、飛沫がエウドキアの手に飛んだ。水瓶の中の水が取り込んだ母の残留思念がエウドキアの脳裡に雪崩れ込み、これまで体験したことのない強烈な残留思念にエウドキアは思わず腰を抜かした。

まるで若かりし頃の母に憑依し、その人生を追体験しているかのようだった。

若かりし頃の母は、エウドキアとよく似た顔をした、外国からの商船に乗っていた男と恋に落ちた。立場も種族も違う者同士の、許されない恋だった。

二人は人目を忍んで逢瀬を重ね、その内に母はエウドキアを身籠った。男はそれを聞いて大層喜び、二人は駆け落ちの計画を立てた。

しかしその計画を実行に移そうという晩。約束の場所に男は現れなかった。

城へ連れ戻された母は堕胎薬を飲むよう迫られたが、必死にそれを拒んだ。その時は、まだ男が自分を迎えに来ることを期待していたのかもしれない。

結局、男は母を迎えには来なかった。それでも母はエウドキアを産み、息子は方々から忌み子と誹られはしたが、母はそんなエウドキアのことをこの上なく可愛がった。

しかし男がネレイデスとは比べものにならない大国の王女と婚約したことが分かると、母はエウドキアに乳母をつけて離宮に追いやった。どうやらそれは、母の心に芽生えた〈男〉という生き物への不信感と、自分を裏切った男に対する激しい憤りからのことであったようだ。

母は、エウドキアとよく似た顔の男をずっと憎み続けていた。けれど同時に、深く愛してもいた。母が自分を見ていた不愉快そうな眼差しの中に、今更ながら別の光を見たような気がした。

かの王国は、敵対するには些か厄介。それは少なからず事実ではあるのだろうが、母にとっては格好の建前でもあったに違いない。

きっと限界だった。懊悩の内にずるずると生かしてしまった我が子が、自分を裏切った男と同じ姿になってしまったから。母はきっと、そんな存在をそばに感じながら生き続けることができるほど強い人ではないのだろう。

自分が今日まで生かされてきたのは他でもない、形はどうあれ母の〈愛〉によるところが大きいことだけはよく分かった。

そのことを手放しで感謝する気には、さすがになれない。けれど母がその激情と苦しみを手放すことができるなら、黙ってここを出て行くくらいの親孝行ならしてもいい。そう思った。

エウドキアは翌日からすぐに細々と身辺整理を始め、同時に離宮へは東方のことが書かれた紀行文や言語を学ぶための書物が続々と届けられた。

輿入れ先は東方の欧亜大陸、その中央部に位置する大国・ウルジュスだという。ネレイデスからはまず船で多島海を渡り、その後オアシスを繋ぐ交易路をひたすら東に向かって走る形になる。

人狼種の〈オズベク〉という民族が支配するウルジュスは、ウルスと呼ばれる複数の王国からなる連邦共和国だ。多くの国民が牧畜を行い、遊牧生活を送っている。

エウドキアを見初めたのはその王国の一つ、カザックの王だ。

広大な欧亜の草原には、まだまだ未開の土地が多くある。その未開の地をウルジュスの支配域として開拓するため、王家の血筋に生まれたものは成人を機に〈カガン〉という称号を得て新たなウルスを率いるか、臣籍に降下し他のウルスに仕えるかを選ばなくてはならないという。

しかし輿入れ先のカザックはというと、ほかのウルスとは少々事情が異なる。

若き王たちの多くが未開の草原へ繰り出していくのに対し、カザックの王は他のウルスを次々に吸収することで力を蓄え、既に他種族が定住していたオアシス都市国家へ侵攻し水利と城を奪ったという。

王の名はザハール＝カガン。西域にまでその名を轟かせる、異端の王であるらしい。

なお、人狼種としての伝統を重んじるウルジュスには世襲の習慣がない。家格や財産は全て伴侶に受け継がれ、カガン亡き後はその配偶者が称号を引き継ぐのだという。こうした伝統は、彼らの始祖である狼の群の仕組みに源流があるようだ。

そうした事情から婚姻は、建前上は一夫一婦制ということになっている。しかし歴代のカガンはウルスを〈量産〉するため側室を複数囲うことが多いらしい。

伴侶が即ち後継者であるならば、他種族をその座に据えることは考えにくい。おそらく自分は、異端の王の気まぐれによって側室のひとりに加えられるのだろう。

けれど、いつ殺されていてもおかしくなかった命だ。どんな扱いを受けたとしたって、外の景色が見られるだけで有難い。

エウドキアは庭の草花にだけ別れを告げて、生まれて初めて離宮の外に出た。ブカンヴィリアの濃い桃色が眩しく、見納めになるのだけが心残りだった。

＊　＊　＊

そうしてエウドキアは海を渡り大陸でオズベクのキャラバンに迎えられると、カザックに向け幌馬車は一路東へ駆け出した。エウドキアを乗せた幌馬車は小まめに馬と馭者を換えながら、今も恐ろしいまでの速さで草原を走り続けている。

聞くところによると、婚儀は必ず満月の晩と決まっているらしい。それに合わせて余裕を持った旅程が組まれていたようだが、海上に風がなく船の到着が予定より大幅に遅れてしまった。

そのためキャラバンは〈絹の道〉と呼ばれる交易路ではなく、ウルジュスの騎馬隊が行軍に使う〈草原の道〉を走っているということだった。そちらの方が、絹の道よりはいくらか早く到着するようだ。

幌馬車の中は広く、寝台も兼(か)ねたカウチとテーブルが設(しつら)えられている。ランプやストーブもありその気になれば煮炊きもできるようになっていたが、エウドキアは草原で家畜の放つ獣臭とひどい馬車酔いで、横になっていることしかできない。

「……アセナ殿、度々すみません。近くで一度、馬車を止めて頂けませんか」

エウドキアのか細い声に振り向いた若い馭者の女は、その顔色を認めるとぎょっとした様子で「まあ！」と声を上げた。

「申し訳ございません。すぐにお止め致しますね！」

言うなり馭者のアセナは手綱(たづな)を強く引き、馬車は草原のど真ん中で急停車した。慣性(かんせい)で前によろめき、酸っぱいものが喉元まで迫り上がってきて思わず両手で口元を押さえる。

エウドキアは這(は)うようにして馬車を降り、我慢していたものを吐き出した。それでいくらか気分はましにはなったものの、相変わらず視界はぐらぐらと揺れたままだ。

「もう少し先に、私の親戚の家があるはずです。今日はそこで休ませてもらいましょう」

アセナはエウドキアの背を摩(さす)りながらそう言って、水筒の水で口を濯(すす)がせてくれた。

「——ありがとうございます。しかしこんなに何度も立ち止まっていては、婚儀に間に合わないのではありませんか……？」

「気に病むことはありませんよ。婚儀の日程よりも、妃殿下のお身体が第一ですから」

そう言ってアセナは微笑み、エウドキアの濡れた口元をハンカチーフでそっと拭った。

エウドキアはそう言ってもらったことで少し気が楽になりはしたものの、それはそれとして刻一刻と暮れて行く夕陽にはやはり不安を掻き立てられる。

というのも、近ごろは日が暮れると交易路や草原の道に野盗が出るようだ。数年前にあった戦の敗残兵で、狗鷲の血を持つ人禽種らしい。

それもあって、用心のためエウドキアの乗った幌馬車は外からそれと分からないよう地味な拵えの物が用意されていた。馭者を務めるのは連日女性たちばかりではあるが、戦役で前線に立ちながら生き延びた実力者たちだという。

エウドキアの気分が落ち着くのを待って、アセナは再び馬車を引いた。心なしかゆっくり走ってくれているのは分かったが、それでもエウドキアはすぐに気分が悪くなった。

しかし、そうしている間にも外はどんどん暗くなる。馬車を止めれば野盗にとって格好の獲物になるだろう。なのでエウドキアはどんなに吐き気を催しても今度は馬車を止めるまいとして、空の鍋を抱えていた。しかし――。

「妃殿下、申し訳ございません。敵襲です」

馬車を急停車させたアセナは馭者台を乗り越え幌の中へやって来ると、深刻な顔つきでエウドキアをカウチから立たせてそう言った。

「て、敵襲⁉　野盗ですか？」

「はい。ですから、何卒お静かに。輿入れの馬車であることが知れると危険です」

アセナはエウドキアの口の前へ人差し指を立て、声を潜めてそう言った。

「恐れ入りますが、一旦こちらへ身をお隠しください。私が再びここを開けるまでは決して声を上げられませんよう、お気をつけて」

そしてカウチにかかっているクロスを捲り上げると、クッションごとその座面を引き上げる。それまで気付かなかったが、中が空洞になっていたようだ。

エウドキアはアセナに言われるままカウチの中へ身を隠し、光の差さない暗闇の中でじっと息を潜めた。

やがて外から翼がはためくような大きな音と、甲高い鳥の声。そして、長い長い狼の遠吠えが聞こえてくる。エウドキアは恐ろしさのあまり叫び出しそうになるのを、両手で口を押さえて必死に堪えた。

少しすると、革靴で馬車の床板を踏むような足音が聞こえてきた。ああ、よかった。野盗を追い払ったアセナがここを開けてくれる。そう思って胸を撫で下ろしたのも束の間、ばさばさと翼を振るうような大きな音と聞きなれない言葉を叫ぶ男の声がして、エウドキアは再び息を呑む。

男は、馬車の中にあるあちこちの扉を乱暴に開けて回っているようだった。積んである行李には、離宮から持ってきたエウドキアの着替えや日用品が入っている。

輿入れの馬車であることが知れると危険。アセナは確かにそう言っていた。嗚咽は堪えられても、涙はずっと止まらない。心臓がばくばくと早鐘を打ち、今にも口から飛び出しそうだ。

この際、荷物なんか何を持って行ってくれてもいい。どうか私がここに隠れていることにだけは気付かれませんように。エウドキアはひたすらにそう祈っていたものの、その祈りは神に届かなかった。

「あ、ああ……」

カウチの座面が上がる。エウドキアを見下ろしていたのはアセナではなく、狗鷲の頭をした異形の者だった。恐怖のあまり、腰が抜けてしまって体が動かない。しかしその野盗が乱暴にエウドキアの腕を取った、その時だった。

馬車の中に男がひとり、銀色の尾をたなびかせて飛び込んできた。刹那大きな剣が煌めき、エウドキアの腕を掴んでいた野盗を薙ぎ払った。

エウドキアは思わず目を瞑ったが、その一撃は躱されてしまったようだった。野盗はエウドキアの腕を放して腰の三日月刀を抜き、男と野盗は鍔迫り合いになる。

「忌々しい狗鷲めが……薄汚い手で我が妻に触れたこと、地獄の底で悔いるがいい！」

しかし男は、まるで冥王のように凄みながらいとも簡単に野盗を斬り伏せる。その凄惨(せいさん)な光景に再び固く目を閉じたエウドキアの耳を、野盗の断末魔(だんまつま)の叫びが劈(つんざ)いた。

「……怖い目に遭わせてしまったな。すまなかった。立てるか？」

少ししてエウドキアが目を開けると、男は低く落ち着いた声で言いながらエウドキアに手を差し伸べた。

カウチの中に座り込んだままでいたエウドキアはその手を取って、震える足でどうにか立ち上がる。しかし溢れ続ける涙で視界が滲み、彼の顔がよく見えない。

「あ、あの、あなたは……」

「申し遅れた。我が名はザハール＝カガン。そなたの夫になる者だ」

彼はそう言って、自分の袖口でエウドキアの涙を拭う。すると、自分を救い出した男の容貌が視界の中で少しずつ鮮明になっていった。

齢(よわい)は数えで二十五と聞いている。しかし額の右から目尻にかけて走っている稲光によく似た傷跡も相まって、その面立ちは歳の割に少し苦み走って見えた。

肌は小麦色に輝き、短い髪は月光を蓄(たくわ)えたように冴(さ)え冴(ざ)えとした銀色をしている。腰元の尾も銀色の美しい毛皮に覆われていて、ランプの光をきらきらと反射していた。

けれどそんな毛皮や髪よりももっと目を引いたのは、彼の瞳の色だった。まるで宝石のような、緑がかった琥珀色の瞳だ。その美しさには目を奪われて仕方がないのだけれど、あまりに美しいので畏怖すら覚える。

これが本当の〈男〉という生き物なのか――同じ性であるはずなのに、人種の違いを差し引いても自分と同じところが見つけられない。何もかも立派で、自分とは違っている。

男の中ではきっと自分の方が異端なのだ。それは分かっている。しかし彼のような生き物が男であるとするならば、自分は逆立ちしたって男を名乗ることはできない気がした。

「ザ、ハール、さま……」

恐怖の名残から震える声でその名を呼ぶと、ザハール＝カガンは安堵も露わにエウドキアに微笑みかけた。

「ああ、エウドキア。愛しい私の妻。無事でよかった。迎えに来て正解だった」

心の底から絞り出すような声でそう言って、カガンは腕の中にエウドキアを閉じ込めるようにして掻き抱く。その緑がかった琥珀の瞳には、ひどくみすぼらしい姿の自分が映っている。微笑み返すだけの余裕もなく、髪を振り乱し怯えている。

しかし彼は、そんな姿の自分にさえも掛け値なしの深い親愛を示してくれた。「愛しい私の妻」と呼び、目を逸らさずに微笑んでくれた。

その微笑みが、恐怖に凝り固まったエウドキアの心を解していく。

カガンはこんな自分を心配して、迎えに来てくれて、優しく微笑みかけてくれて、宝物のように抱きしめてくれた。こんな風にして誰かに好意を示された経験など、エウドキアには一度もない。なので困惑を覚えはしたものの、同時に喜ばしい気持ちも湧いたのは確かだった。それだけで、ネレイデスを出てきて良かったと思えた。

「妃殿下！　ああ、良かった！　よくぞご無事で！」

アセナが息を切らせて幌の中へ飛び込んできた。返り血を浴びているが、大きな怪我はないようだ。

彼女の無事が分かったことで、それまでぴんと張り詰めていた気持ちがふつりと切れてしまった。その日の記憶は、カガンに焦ったような声で名前を呼ばれたのを聞いたところで途切れている。

＊　＊　＊

次に意識を取り戻した時――つい今朝方のことだ。エウドキアはアセナの親戚が住む家のベッドに寝かされていて、カガンは既にいなかった。

「陛下は、夜が明けてすぐにお城へお戻りになりました。妃殿下は少々体力が落ちておいでのようでしたので、回復するまで当方で休養を取らせるようにとのことでございます」

そう言ったのは、アセナの叔父にあたるその家の主人だった。

迎えに来たと言っていたので、エウドキアはてっきりそのままカガンに城へ連れていかれるのだとばかり思っていた。しかし、幌馬車でさえあれほどひどい酔い方をしたのだ。二人乗りで馬に乗って草原を駆けたなら、ひどい粗相をしてしまったに違いない。

そう考えると、カガンの一見淡白だが思いやりに溢れたその気遣いはこの上なく有り難かった。アセナの叔父一家も大層よくしてくれたので、エウドキアはしっかり体調を整えて残りの旅程に臨むことができたからだ。

そうして丸一日たっぷり休養を取った後。エウドキアは再びアセナと共に幌馬車へ乗り込んだ。

馬車酔いは我慢することにして全速力で馬車を飛ばしてもらってはいたが、結局カザックへ到着するのは婚儀の当日になってしまった。しかし、それでも明るい内に到着すれば御の字といったぐらいの綱渡りじみた旅程になっている。

「妃殿下、ご覧ください！　あちらがカザックの、春の宿営地です。王宮（オルド）はもう目と鼻の先ですよ！」

アセナが弾んだ声を上げ、エウドキアの方を振り返った。

「宿営地？　というのは……」

エウドキアはカウチに横たえていた体を起こし、アセナの座る馭者台へ顔を出した。

「はい。遊牧民たちの家々の集まりです。顔見知りや親戚同士で近所に居を構えていた方が何かと便利ですから、草原には自ずとこうした村ができます。この辺りにはもうカガンの作られた地下水路(カレーズ)がありますから、とても住みよい宿営地であると聞きますよ」

遊牧民たちは宿営地を季節ごとに持っていて、一年を通して移動生活を営んでいるのだとアセナは教えてくれた。理由は様々あるが、一番には家畜がその土地の草を食べ尽くしてしまわないようにするためなのだそうだ。

そうした遊牧民たちの家々の間を走り抜けると、じき前方に石造りの古城が聳(そび)えているのが見えてきた。高い城壁から、ドーム型の屋根と巨大なアーチが突き出している。

「あれが、王宮……」

「さようでございます。カガンもこのオアシスを治める前はユルタの王宮を持っていましたが、今はあのお城に定住されています」

カガンが住むという古城はよく言えば素朴、率直に言えばびっくりするほど古ぼけて垢抜けず、まるで墳墓(ふんぼ)のような佇(たたず)まいだ。

無理もない。建築や都市開発の技術や文化を持たない遊牧民がそこへ居座っているわけだから、そうした城は言わば戦乱に蹂躙（じゅうりん）された〈文明の亡骸（なきがら）〉とも言える。城の周りには城下町があったようだが、これらも城と同じで朽ちるに任せたような有様だ。屋根の代わりに布をかけただけの家屋も随分目立つ。

エウドキアもネレイデスについては自分の暮らしていた離宮と、離宮から港までの道のりで垣間見た街並み以上のことは知らない。が、少なくともネレイデスの街並みはもっと美しく洗練されていた。

街並みを彩っていたのは輝くような白亜の家々と、荘厳（そうごん）な意匠（いしょう）の彫刻や付け柱だった。それらを初めて目にしたエウドキアは、その瀟洒（しょうしゃ）な様に驚き目を奪われたのだ。

草原の風景や素朴な古城よりもそれらを好ましく思うのは、ひとえに好みの問題なのかもしれない。けれどそれが美であり洗練であるとする価値観から言えばこの地は、少なくともエウドキアにとっては文明の中枢から遠く離れた辺境の地以外の何物でもない。

とは言え、物事にはなんであれ様々な面がある。

栗の実が鋭いイガに包まれているように、よく効く薬ほどひどく苦いように、好ましい部分とそうでない部分を併（あわ）せ持たないものはない。同じようにこの国やこの街もきっと、粗野（そや）なばかりの辺境の地ではないのだろう。

何より、あのカガンが治める国だ。命の恩人でありこれから伴侶となる王の治める地について、あれこれ物言いをつけるというのはいかがなものか。これからは、ここが自分の国にもなるのだ。——が、しかし。

申し訳ないとは思うものの、まだカザックの好ましい部分を見つけて「いいところだ」とか「うまくやれそうだ」なんて前向きな気持ちを持つことができないので不安が募(つの)る。エウドキアは自分で自分に驚いていた。自分がこれほどまでに依怙地(いこじ)な人間だなんて思っていなかったからだ。

「さあ、妃殿下。お疲れ様でございました。到着でございます」

ばさっと音を立て、アセナが幌馬車の乗降口にかかるカーテンを開け放った。午後一番の陽光の眩しさが視界を奪い、まだ冷たい春風が頬を撫でる。エウドキアは幌馬車にかけられたステップに恐る恐る足をかけ、アセナに手を引かれながら馬車を降りた。

「エウドキア妃殿下におかれましては、遠路はるばる、誠にお疲れ様でございました。ようこそカザック・ウルスへ。心より歓迎申し上げます」

王宮の侍女衆だろうか。白い頭巾やスカーフで頭を覆った女たちがエウドキアの眼前に跪(ひざまず)いて並び、その先頭の老女が顔を上げないまま発した。それへ倣(なら)うようにして、寸前までそれなりに気安く言葉を交わしていたアセナもその場で跪き頭(こうべ)を垂(た)れる。

「ええ、その……」

生粋の王室育ちと言っても、エウドキアは社交界に身を置いたことはおろか、母親である女王への謁見すら許されなかった忌み子である。そのためこんな時の適切な振る舞いが分からなかったものの、ひとまず一緒になって膝を突いてみた。何はともあれ、目線を同じ高さにするのがよかろうと思ったのだ。

「……頭を上げてください。こちらこそ、世話になります」

しかし顔を上げた先頭の老女は眼前にエウドキアの顔があるのに驚いてか尻餅をつき、その拍子に頭巾からぴょこんと狼の耳を飛び出させた。

「失礼。——妃殿下。僭越ながら申し上げますが」

小柄な老女はばつが悪そうに頭巾の中へ耳を仕舞ったが、咳払いを一つすると何事もなかったかのように続けた。

「妃殿下のように高貴なお方が、簡単に膝など突くものではございません。何卒、お心得くださいませ」

高貴なお方。エウドキアはその言葉で改めて、ネレイデスにいた頃とは立場が天と地ほども変わってしまったのだということを実感し慌てて立ち上がる。

「も、申し訳な……いや、ええと——忠言のほど、感謝しま……す……」

エウドキアはこれまでに読んだことのある物語の本の中から必死に言葉を探し、身分の高い騎士や姫君の言い方を真似た。すると老女は直立不動でいるエウドキアの前で、改めて頭を垂れ自己紹介を続けた。

「お分り頂けたようでしたらば何よりです。――わたくしは我がカガンよりオルド長代行を仰せつかっております、ドルジの息子のバヤンの妻、ウーラトワールハンと申します。ウーラとお呼びくださいませ」

氏姓（しせい）を持たないウルジュスの民は、立場に応じて自身の伴侶や親の名前を連ねて自己紹介をする。それが礼儀なのだと、道中でアセナに教わった。

ウルジュスには、ほかにも様々な独自の習慣がある。これからは自分もそうした習慣に慣れていかなければならないのだろう。馴染める自信はあまりないのだけれど。

「……心よりの挨拶（あいさつ）、痛み入ります。ウーラ殿――」

「いいえ。単に〈ウーラ〉と」

目下の者に敬称を付けるなということなのだろうか。オルド長代行という老女、ウーラトワールハンは頑なに顔を上げないまま訂正する。

エウドキアは、自分が「面を上げよ」と言うまでこの人はずっと頭を下げたままなのだということに気付いた。そんな風に人から傅（かしず）かれるのが初めてのことなので居心地が悪い。

「ウーラ、頭を上げてください。いくら王妃とは言え、新参者の私にそこまでへりくだる必要は――」

「いいえ妃殿下。王妃であればこそでございます。……ですが確かに、あまりのんびりとご挨拶に時間をかけている余裕はございません。どうぞこちらへ」

そう言ってウーラは踵を返し、ぱんぱん、と二度手を叩いた。するとウーラの後ろに控えていた女たちが素早く立ち上がり、城の大扉を二人掛かりで開け放つ。

ウーラがずんずんと城の中へと歩を進めていくので、エウドキアもドレスの裾を持ち上げて後に続いた。背後で大扉の閉まる音がしてそれがエントランスで反響すると、ウーラは早足で歩きながら畳み掛ける。

「お疲れのところ大変恐縮ではございますが、さっそく婚儀のお支度へ取り掛かって頂きます。お湯を沸かしてございますのでまずはご入浴を。お済みになりました頃合いを見て着付けの者をやりますので、すぐにお衣装をお召しになってくださいまし。ご用意があるのは女物ですが……差し支えはございませんね。それから」

「あ、あの、すみません。こんな息つく間もなく婚儀の支度を?」

「ええ。ご到着に遅れがございましたからね。急がなくては」

「カガン陛下に到着のご挨拶などは……」

「その必要はございません。当方のしきたりでは、婚礼の日に花嫁と花婿が顔を合わせるのは、儀式で花嫁がベールを外す際と決まっております」

ウーラはエウドキアを振り向き、淡々と述べた。カガンにはあの晩助けてくれたお礼をすぐに伝えたかったのだけれど、しきたりでは仕方がない。のんきに臥(ふ)せっていないで、早々にアセナの叔父の家を出発すればよかった。

「……陛下は今、どちらに？」

「そうですね……予定通りに公務が進んでおいでであれば、今頃は明後日のナウルズで柿落(こけらお)としになる劇場の設備を視察されているはずですが」

「ナウルズ、というのは――確か、新年のお祝い……」

西域では秋分を元日とする暦(こよみ)が多く採用されているが、欧亜の中央から東方にかけては春分を元日とする地域が大半を占める。というのは紀行文で読んでいた。

そうした暦の地域における春分の祝祭・ナウルズは、一年の中で最も盛大に執(と)り行われる祭事らしい。また親類縁者がばらばらに移動生活を送る遊牧民たちにとっては、一族がひと所に集まる貴重な機会でもあるようだ。

「ご存知でしたか。ならば話が早い」

ウーラは感心したようにそう発し、顎を上げてエウドキアの顔を見る。

「新年行事に関わる公務が婚儀の当日まで詰まりに詰まってしまったのは、陛下にとってもお気の毒なことです。しかし、満月とナウルズが重ならなかったのは幸いでした。年が明けてしまうと、家畜を屠殺することができませんからね」

ナウルズは春の訪れを賀ぐ祝祭だ。そのため期間中は秋冬季の主食である肉やその加工品は避け、春に新しく得た乳製品や穀類を中心に食べるのだという。

屠殺。という言葉につきまとう血生臭さに、エウドキアはぞくりと背筋に悪寒が走るのを感じた。

「……婚儀には、家畜の屠殺がどうしても必要ですか」

「当然です。披露宴に羊の一頭も出ないとあっては、カガンの恥になります」

そう言ったウーラの声は、穏やかだが頑なだ。どんな肉だってそうして命を奪うことで自分の口に入っていることは理解しているつもりだが、どうしても抵抗がある。

宮殿の奥にある脱衣所でエウドキアは瞬きの間に着ていたドレスを剥ぎ取られ、浴室担当らしい侍女に三人掛かりで垢を落とされ髪を洗われた。

入浴後はオズベク式の下着と肌着を身に付けるよう指示されたが、西も東も下着や肌着として身に着ける物に大きな差はないらしい。紐のついた腰巻と、チュニックのような上衣だった。両方とも白いシルクでできている。

髪を乾かすのには大いに時間がかかることが見込まれた。何せ腰に届こうかという長さの波打つような髪である。これも侍女衆が三人がかりで櫛で梳いたり木綿の布で水分を取ったり、大きな団扇で扇いだりの大仕事だ。

けれどエウドキアには黙って椅子に座っているほかにできることがないので、やっぱり居心地がよくない。

「……あの、つかぬ事をお伺いするのですが」

居た堪れなさのあまり、エウドキアは櫛を手に取ったウーラを見た。

「オズベクの方々は狼のお耳やしっぽを、自在に出したり仕舞ったりできるのですか？」

些細なことではあるが気になっていた。馭者の女たちやカガンはずっとふさふさとしたしっぽや頭の三角耳を露わにしていたが、ウーラを始めとしたこの城の侍女たちにはそれが見られない。もっともウーラに限って言えば、膝を突いたエウドキアに驚いて頭巾から耳を突き出してはいたのだけれど。

「さようでございます。加減によって狼そのものや、頭や手足だけを変じさせた半獣の容貌にも変身致します」

ウーラは少し自慢げにそう言ったものの、そこで一度言葉を切り、ばつが悪そうに「ただし……」と続けた。

「王族や王宮に仕える者がそうした姿で人前に出ることは決して褒められたことではございません。不意に驚かされた時や、興奮を覚えた時などに反射で飛び出してしまうこともございますが、公の場では極力人型を保つのが礼節というものです」

ウーラは自らを戒めるような口ぶりでそう言った。エウドキアは、自分を助け出してくれたカガンがふさふさと銀色の尾を揺らしていたことは黙っておこうと心に決めた。

「それと、もう一つ……オズベクの方々は、両性具有というわけではないのでしょう？　それなのに男王が男を妃に娶るなど、変わったことをなさるのですね」

しっぽや耳も気になるが、そのこともずっと気になっていた。ニュンペのように同性でも血を繋いでいけると言うなら自然なことなのだろうと思うが、そうでないのに同性で番ってしまうと氏族が先細ってしまう。

「驚くことなど何もございません。数多の種族がしていることをオズベクがしてはならない道理など、一体どこにありましょう」

ウーラは東から昇った太陽は当然西へ沈むのだとでも言うように述べた。

「それはごもっともですが……種の繁栄を考えれば、自然なこととは言えないのでは？」

「いいえ妃殿下。自然環境の厳しいこの草原部において、繁栄とは単に子どもを産み殖やせばよいというものではないのです」

ウーラは噛んで含めるようにしてそう発し、エウドキアの髪に香油を揉み込んだ。嗅ぎ慣れない香りだが、蜜のような甘い匂いがする。

「草原は『弱肉強食』ではなく『適者生存』の社会です。群がより長く生き延び繁栄していくためには、あらゆる事態に適応するための備え――つまり、多様性に富んだ個体を群の中に含むことこそが重要なのです」

そう聞いて、エウドキアもぴんときた。カガンが多くの側室を持つのはウルスを増やすためという理由もあるのだろうが、むしろ〈ウルジュス〉というひとつの狼の群が生き延びるための生存戦略という側面の方が強いのかもしれない。

「なるほど。多様性……それではやはり、カザックの後宮ではさぞかし様々な種族や性の者たちが陛下に傅いているのですね」

「何をおっしゃいます。妃殿下は正真正銘、我がカガン唯一の王妃殿下でございますよ」

「そんなまさか！」

思わずそんな声を上げ、背後のウーラを仰ぎ見た。ウーラは側に寄ってきた侍女のひとりに櫛を渡すと、落ち着き払った顔つきでエウドキアの目を見て言った。

「そのまさかでございます。初婚であること。必ず正妃であること。それがネレイデス側から示された取引の条件でございましたもの」

もう一度、自分の耳を疑う。ウーラが言っているのは恐らくニュンペの娘たちを嫁に出す際の条件なのであろうが、まさか自分を送り出すに当たっても同じ条件が示されていたとは夢にも思わなかった。寝耳に水だ。

「陛下は独立からこれまで、戦争と復興にかかりきりでした。多少の火遊びくらいはされておいでのようでしたが、心根の方は歳に似合わず純朴なところがございます。他の王族の方々とは違って、余程のことがなければ側室や愛人を持たれるようなことは――」

ウーラは何かとても重大なことを言っているような気がするものの、あまりに予想外のことばかりを並べ立てられて混乱した。

てっきり自分は、王の気まぐれで側室の一人に加えられるのだと思っていたのだ。そのくらいの立場が自分には誂え向きだと心得ていたし、その方がむしろ気楽だとさえ考えていた。

しかし蓋を開けてみればカガンは初婚で、王妃は自分一人だという。しかもウーラによれば、カガンは余程のことがなければ愛人を作ることはないときた。

卑しい生まれの忌み子が、所変われば唯一の王妃。本当に、ネレイデスにいた頃とは立場が天と地ほども変わってしまった。信じ難いことだ。これが何かの間違いでないなら、夢でも見てるんじゃないかという心地だ。

カガンが自分のことを大切に想ってくれていることは、素直に嬉しく思える。しかし、ウルジュスでの正妃と言えば即ち国家の後継者だ。それはエウドキアにとってあまりに荷の重い肩書きだった。

＊　＊　＊

婚礼の儀式も、その後の生活も、全てうまくやらなければ。エウドキアはそう意気込んで、ウーラに言われるまま儀式の手順を頭に叩き込んだ。

儀式にはそう難しい手順や決まりがあるわけではなかったけれど、愛人ではなく正妃であると聞かされてからと言うもの、入浴を済ませたばかりだと言うのに緊張で脂汗が止まらない。

「よくお似合いですよ妃殿下。神様が天から梯子を降りていらしたようです」

金色の刺繍で飾られた白い花嫁衣装を纏（まと）うエウドキアの姿を、ウーラはそう言って褒め称えた。

「そうでしょうか……」

しかしエウドキアの耳には、ウーラの賛辞がえらく空々しいものに聞こえる。

「……なんだか全然めりはりがなくて、薄っぺらい雲のようです」

オズベクの女たちのような象牙色の肌の豊満な体にはきっと、袖や裾がフラウンズでたっぷりと膨らんだドレスがよく似合うんだろう。しかしエウドキアの寒々しいまでに白い肌や凹凸のない骨ばった体に合わせると、どうにもぼんやりドレスだけが浮いているように見える。

カウチの中でがたがた震えていた時よりはまだ少しはましだとしても、せっかくの婚儀でこんな吹けば飛ぶような姿を見せてがっかりされないだろうか。急にそんなことが不安になってきた。

せっかく正妃に見初めてもらい命さえ救ってもらったと言うのに、報いることができないのではあまりに忍びない。それに、期待外れだと思われてしまったら悲しい。

緊張とともにそんな憂慮を胸に抱きながら、エウドキアは婚儀へ挑んだ。儀式と披露宴はウルジュスの伝統に則り、城の前庭にユルタを建ててその中で行うという。

素足のまま、天蓋付きの輿に担がれて前庭へ向かった。夕陽を浴びて茜色に染まった巨大な宮殿を後ろに、いつの間にか布製の天幕が二棟できている。

二棟のユルタの内、東側のユルタの前で輿が止まった。中には夫となるザハール＝カガンと、その親類縁者であるウルジュスの王族諸侯が既に揃っている。

そこへ花嫁が介添人たちと共に入室し、ユルタの最奥にある天空神と地母神を祀った祭壇の前で花婿と花嫁は初めて対面する。

花婿によってベールが取られてから、二人揃って祭壇へ一礼。次に祭壇へ供されている耳飾りが花婿から花嫁に贈られる。花婿につけてもらったその耳飾りの右側を外して相手の右耳に付け返すと結婚が成立となり、再度祭壇へ一礼。最後に親類縁者ら列席者にも一礼して儀式は終了。場所は変えずにそのまま披露宴へと移行する。

「妃殿下。こちらにおみ足を」

介添人――宮殿に着いてからずっと身だしなみの世話をしてくれた侍女たちだ――によって足元に織物が敷かれた。エウドキアがそこへ足を下ろすと輿を担いでいたのとはまた別の侍女たちがドレスの裾を持ち、ウーラがユルタの扉へ手をかける。

「……今一度、式次を確認いたしましょうか？」

ウーラは小声で、少し心配そうに言った。

「いいえ。大丈夫です」

エウドキアはそれに、首を小さく横に振って応えた。

「ただでさえ、到着が遅れてお待たせしてしまっていますから。これ以上お時間を頂いてしまっては、申し訳なさのあまりに心臓が潰れてしまいそうです」

エウドキアが意を決してそう告げると、ウーラは黙ったまま頷きユルタの扉をゆっくり開けた。本当は申し訳なさの前に緊張で心臓が潰れてしまいそうだったのだけれど、いよいよ自分はあの高貴な人の伴侶となるのだと思うと、しゃんと背筋が伸びる。

中には楽団も待機していたのだろう。弾むような弦の音色がユルタから溢れ、エウドキアはその音に誘われるようにして敷居を跨いだ。板張りの床の上に、祭壇へ向かってまっすぐ赤い絨毯が敷かれている。

幼い子どもから老人まで、多くの列席者たちの好奇に満ちた眼差しが一斉にエウドキアを捉えた。ベール越しにもそれが分かり、緊張のあまり踏み出した足を引っ込めそうになったけれどそれもできなかった。

呼吸はどんどん速くなり、指先は冷えて震える。気持ちばかりが焦ってしょうがないものの、指一本たりとも自由にならない。

ベールに覆われた視界はもともと不明瞭ではあったけれど、浅い呼吸のせいなのかますます曖昧模糊としてきた。あんなに意気込んで儀式に挑んだのに、緊張のあまり結局失敗してしまった。そんな自分の不甲斐なさが悔しくて、目に涙が溢れる。

そのせいなのか視界が滲んで揺れて、祭壇の前に待ち構えているはずの花婿の姿が白くぼやけてよく見えない。

しかし次の瞬間、ふわりと体が浮き上がった。

「なんという軽さだ。まるで生まれたての子羊じゃないか」

ザハール＝カガンはユルタの戸口で立ち竦んでいたエウドキアを軽々と抱き上げ、そのまま祭壇の前まで連れて来た。そして、それこそ生まれたての子羊を草の上へ寝かせでもするようにそっとエウドキアを絨毯の上へ降ろす。

すると楽団は戸惑ったように弦を弾くのをやめ、ユルタの中は水を打ったように静かになった。

「あー……しまった。そうか」

カガンは訝しげな様子の親族たちを窘めるようにひとつ咳払いをして、少しおどけたような素振りで発した。

「花嫁を抱き上げるのは、もしや入って来る時ではなく出て行く時だったか？」

大仰な身振りで額に触れたりユルタの中を見渡したりしながら、カガンは列席者たちに向かってそう問いかけた。

途端に、どっと笑い声が沸き起こる。全く仕方のないやつだ。その内やると思ったが最初にやったか。そんな台詞も聞こえてきた。一国の主にかけるには気安すぎる言葉や笑い声にエウドキアはぎょっとしたのだが、カガンはどうも慣れた様子でいる。

「そうは言うが……私だって初めての儀式に緊張しているのだ。多少とちるようなことがあったとて、そこまで可笑しなことではないと思うが。なあ？」

　そう言ってカガンは背を屈め、ベール越しにエウドキアの顔を覗き込む。エウドキアが慌てて首を縦に振ると、カガンは安堵したように目を細めて微笑んだ。

　彼はエウドキアが緊張しているのに気付き、さも自分が式次を間違えたかのように演じて失敗を庇ってくれたに違いなかった。そんな彼の心遣いのおかげで、少し気持ちが楽になった気がする。エウドキアがそうして肩の力を抜いたのを知ってか知らずか、カガンはもう一度咳払いをしてから「では」と口を開いた。

「続けよう。客人たちの腹の虫で、儀式に水を差されてはかなわん」

　そう言ってカガンはまた親類たちの笑いを誘い、楽団へ目配せをした。ユルタに再び弦の音が響き渡る。

　そうして改めて、エウドキアはカガンとまっすぐに向き合った。ほどなくして、徐々にベールが外される。それは体に似合わず繊細な、けれどもどこかぎこちない所作だった。浴室で侍女たちに体を洗われている時よりも、どうしてか今の方が恥ずかしく感じる。

　目の前からベールが取り払われ、世界がふっと鮮やかになった。ぼんやりとしか見えていなかった様々なものが、急に色彩と現実味を帯びて押し寄せてくる。

橙色に揺れるランプの灯。朱色に塗られた文様入りの垂木と、色とりどりの天井飾りに壁のタペストリー。それから、白いビロードの婚礼衣装を纏った眉目秀麗な花婿の、どこか陶然と自分を見つめる緑がかった琥珀の瞳――。

「美しいな……この世の何よりも美しい」

万雷の拍手の中、カガンはエウドキアにしか聞こえないような小声で呟く。

「……過分なお言葉を賜り、恐れ入ります」

戸惑いながら頭の中で本を開き、こういう時に発するべきなのであろう言葉をどうにかこうにか探し出した。

貧相な姿を見せ、落胆されてしまったらどうしよう。そんな不安をずっと抱えていた。どうやらその心配は無いようだけれど、彼の発する手放しの賞賛は嬉しいとか安心したとか言うより、なんだかひどく胸が高鳴って心がむず痒い。

拍手がひとしきり落ち着いた頃合いで、楽団の奏でる音楽の曲調が変わった。ええと、次は……。と考えている内に肩へカガンの手が添えられ、祭壇の方を見るよう促される。

祭壇には、額に入った大きな天空神の姿絵があった。耳飾りはその手前の、緻密な刺繍の入った布の台座の上に置いてある。石榴のような赤い貴石のたくさんついた、大きな銀の耳飾りだ。

想像していたより重厚な拵えのそれを前に、また少しずつ緊張がぶり返してきた。体が強張り、呼吸が浅くなってくる。

「大丈夫。ひとつひとつ、ゆっくりやればいい。なんということはないさ」

そんなエウドキアの様子にはカガンも気が付いたようで、もう一度エウドキアにだけ聞こえるくらいの小声で囁いた。そしてカガンは、そっと背中に伸ばした手で祭壇への礼のタイミングを教えてくれる。

そうだ。確かになんということはない。祭壇に頭を下げて、耳飾りを付けてもらって、右のそれを相手に返してもう一度礼。列席者にも礼。たったそれだけのこと。

簡単なことだ。大丈夫。そう自分に言い聞かせながら横のカガンに合わせて頭を上げ、もう一度向かい合う。カガンは既に耳飾りを手にしていた。耳の上から引っ掛けるようになっていて、左右で少し拵えが違うようだ。

はじめに右耳、次に左耳へ耳飾りをかけてもらう。それはずしりと重く、言葉を交わすことなく行われる結婚の誓いを、より一層神聖なものにしているような気がした。

エウドキアに二つの耳飾りをかけると、カガンは足を開いて少し背を低くした。頭一つ分よりもっと背の低いエウドキアを慮ってのことなのだろう。見かけとは裏腹なまめまめしさが、なんだか可笑しい。

カガンにかけてもらった二つの耳飾りの内、右の耳飾りを外して相手の顔を見上げる。カガンは期待に満ちたような、けれど少し心配そうな目でエウドキアの手元を見ながら僅かに首を傾けた。

彼の右耳に手を伸ばし、耳飾りをそっと吊り下げる。指の震えが伝わったのか、エウドキアの手をカガンの大きな手が包み込んだ。その途端に、震えが止まる。

見つめあったままカガンに包まれた手を下ろし、促されて再び祭壇へ向かう。そして、未知の力に操られるようにして一礼。回れ右をして、列席者にもう一礼。まるで左耳に残った耳飾りに体を乗っ取られたような不思議な感覚だった。

列席者であるカガンの親類縁者たちがまた、総立ちになり万雷の拍手で二人を祝福していた。しきりに指笛が鳴らされ、まだエウドキアには分からない祝詞のような言葉がユルタを飛び交う。この場にいる誰ひとりとして、エウドキアがこの国の王族に連なることを厭う者はいないように感じられた。こんなに多くの人から手放しの歓迎を受けるのもまた、生まれて初めてのことだ。

カガンからの手放しの賞賛と同じように、どうして彼らはこんなにも自分を受け入れてくれるのかは分からない。

けれど、ここでの自分はネレイデスにいた頃とは違い、ただいるだけで誰かの機嫌を損ねるような存在ではないようだ。そのことで得られた安心感は、とても言葉で表せるものではない。

「遠くから、本当によく来てくれた。みな喜んでいる。もちろん私も」

カガンはそう言ってエウドキアを労い、額に張り付いていた一筋の前髪を指先で優しく整えてくれた。

「こちらこそ……こんなに温かな歓迎を受けたのは、生まれて初めてです。とても、その……言葉にできないくらい嬉しく思います」

見上げた先で視線が交わる。彼の琥珀の瞳が輝くのがやけに眩しく見えて、自然と目が細くなった。

* * *

ウルジュスの作法では、食事は床に敷いた〈ダスタルハン〉という布の上に供されるもののようだ。列席者たちは男女別にいくつかのダスタルハンの周りで車座（くるまざ）になり、運ばれてくる料理を自分たちでてきぱきと配膳していく。

「床の上へ皿を置くのがそんなに不思議か？　西域では背の高い食卓と椅子で食事を摂（と）る

のが一般的だそうだが」

目を丸くしながら配膳の様子を見守っていたエウドキアに向かって、カガンは愉快そうに笑い声交じりで発した。

「はい。あ、いえ。その……失礼いたしました」

うっかり正直に答えてしまったが、礼儀を欠いた行いであったかも知れないと思い直して恐縮する。

「いや、気にするな。何も失礼なことなどない。生まれ育った場所から遠く離れた地の風習は、なんだって物珍しく見えるものだ」

隣り合うというより少し斜めに向かい合うような形で眼前に座っているカガンは、エウドキアに横顔を見せて列席者たちの方を眺めた。

「遊牧民は移動を繰り返す生活ゆえ、持てる家財の数が限られているんだ。椅子や食卓は嵩張る(かさば)だろう?」

「ああ、なるほど……」

季節とともに家ごと移動する生活を送るとなると、極力モノを減らそうという考え方になるのだろう。そうすると確かに椅子や食卓は、なくても必ずしも困るものではない。

「まあ、そうは言ってもだ。私もそうだが城やバザールで定住を始めた者は、今では西域と同じような椅子や食卓を使っている。――しかし、あれはいいな。敷物の上では茶器などをよく倒していたものだが、食卓の上ではあまりそういうことがない」

　カガンは少し肩を竦めながらエウドキアに耳打ちをした。どうも普段の彼には、少しそそっかしいところがあるようだ。その仕草が苦み走った顔つきに似合わずなんとも子どもっぽいので、笑いを堪えるのに苦心する。

　そうこうしている内に配膳が済み、エウドキアの前にも様々な料理が並んだ。細かな幾何学模様（きかがくもよう）の彫り込まれた銀食器に、肉を串焼きにした物や、にんじんと干し葡萄たっぷりのピラフが山と盛られている。総じて茶色っぽい素朴な見た目をしているのは、どの料理にも似たり寄ったりの香辛料が使われているからに違いない。

　短い脚のついた銀の盃に注がれた飲み物は一見すると水のようだが、どうやら蒸留酒であるらしい。本では読んだことがあるけれど、実物を見るのは初めてだ。飲みすぎると体に毒らしいが、大変美味であるとどの本にも書いてあったので期待に胸が躍る。

　盃が列席者全員に行き渡ると、ユルタの西側、カガンに近い位置のダスタルハンを囲んでいた老人のひとりがおもむろに立ち上がる。するとカガンは、今度は少しおどけた調子でまたエウドキアに耳打ちをした。

「北方の山麓（さんろく）地域を治めている、大叔父のナジーブ＝カガンだ。宴席の音頭は長老が取る決まりなんだが、話の短いあの人が長老になるよう調整した。せっかくの料理が冷めてしまってはいけないからな。これは列席者の総意だ」

「ふふっ！」

気持ちは分かるけれど、たったそれだけの理由で？　という可笑しさに、堪えきれず噴き出してしまった。まだいくらも彼のことを知っているわけではないのに、なぜか「この人らしい」と感じられて仕方がない。

「……やっぱりだ。笑った顔は一際愛らしい。これからもそういう顔をたくさん見せてもらえるよう、大いに努めなくてはな」

カガンはほっとしたようにエウドキアの顔を覗き込み、そう言って微笑んだ。しかし、そうかと思えばすぐにしゅんと肩を落として小声で続ける。

「草原の道でのことは、本当に申し訳なかった。初めから私が港まで迎えに行くことができていればよかったんだが」

「いえ、そんな……あれはひとえに、私がひ弱であったことが招いた事態です。陛下がお気に病まれる必要はありません。――その節は、危ないところを助けて頂き本当にありがとうございました」

エウドキアが慌ててそう言うと、カガンはなぜだかひどく悲しげな目でエウドキアを見つめ返し「そなたは優しいな」と言ってくれた。優しいも何も、馬車酔いのせいでたびたび立ち止まっていたから襲われたようなものなので、自業自得なのだけれど。

そうしている間に話の短い彼の大叔父による簡単な祝辞が終わり、カガンと列席者一同は祝詞とともに盃を頭上へ掲げた。エウドキアも見様見真似で同じ仕草をして勢いよく盃を呷ったものの、それが間違いだった。

「うぅっ⁉」

本に書いてあったこととは違って、〈酒〉は驚くほど苦かった。それに、喉元が火でも飲み込んだのかと思うくらい熱い。エウドキアはたまらず咳き込み、飲み込んだものが逆流しそうになるのを両手で口を覆って堪えた。

「大丈夫か⁉　誰か！　乳を持て‼」

顔色を変えたカガンがすかさずエウドキアを抱き寄せ、間もなくウーラが木の椀で馬乳を持ってきた。これまでどこにいたのか、厳めしい鎧を付けた衛兵たちも駆けつける。

ほんの少し噎せただけなのに大変な騒ぎになってしまった。けれどただの苦い飲み物であったにしては喉や腹の底が燃えるように熱いので、毒を盛られていたのかもしれない。

「――失礼。花嫁殿、これまでに酒類でお体にご不調をきたされたことは？」

医師だろうか。カガンと同じ銀色の髪の、けれどカガンよりはいくらか柔和な雰囲気の男がエウドキアの前に跪いて尋ねた。

「初めて口にしました。思っていたよりずっと苦くてそれで……」

首を横に振って答えると、男は携(たずさ)えてきた革の鞄から小さな湿布薬のようなものを取り出した。そしてエウドキアの腕の内側へそれを貼り付けると、喉の奥や下の瞼の裏側を検(あらた)める。

そんな男の耳元で、鎧姿の衛兵がエウドキアの使っていた銀の盃を手に「ただの酒です」と告げるのが微かに聞こえた。どうやら「毒を盛られた」というのは早合点だったらしい。

言われてみれば、燃えるように熱かった喉元や腹の底も今はなんともない。勘違いをした恥ずかしさと騒ぎを起こしてしまった申し訳なさで、穴があったら入りたいような気持ちだ。

「エイベル！　我が妻は何を含まされた⁉　薬はあるのか⁉」

血相を変えたカガンが医師と思しき男に詰め寄る。心配してくれているのは分かるが、それだけに居た堪れない。

「案ずるなザハール。なんでもない。――この晴れの日に、一体誰に毒など忍ばせることができるでしょう。無垢(むく)なる花嫁殿は、初めての〈アルヒ〉に少々驚かれただけです」

エイベルと呼ばれた医師はひとまず小声でカガンを宥め、それから王への報告の体を取りつつ列席者全員に聞こえるよう声を張り上げた。どうやらあの酒は〈アルヒ〉という名前らしい。腹の底が燃えるように熱くなる、とんでもない代物だ。

「なんだ。……そうか。よかった」

カガンは大きな吐息とともにそう呟いて胸を撫で下ろしながら、羞恥に俯いているエウドキアの背を摩った。エイベル医師の診断を聞いたほかの列席者たちもまた、ほっと肩の力を抜いた様子で浮かせかけていた腰を床へ戻している。

「しかし……酒を口にしたことがなかったのか。少しも？　不勉強ですまない。信仰の上での禁忌はないと聞いていたが、何かほかに事情が？」

カガンは心配そうな顔で矢継ぎ早に尋ねてくる。事情など何もないが、かと言って一言では説明できる気がしない。強いて言うならただの「世間知らず」なのだけれど、そのせいで騒ぎを大きくしたと知られるのは恥ずかしい。

「事情も何も、花嫁殿のような年若く華奢（きゃしゃ）な方にアルヒはまだ早いんだ」

エウドキアが答えあぐねている内に、エイベル医師がカガンに負けず劣らずの気遣わしげな顔で口を挟んだ。

「内臓が成長しきっていない内にあんな強い酒なんか飲んで、体にいいわけがない。国許のご家族はそれを分かっておいでだったんだろう。……大切にされていらしたのですね。

何よりなことです」

　エイベル医師はそう言ってエウドキアに微笑みかけ、腕の内側に貼った湿布薬をそっと剥がした。

「――うん。幸い少量の酒でも毒になるという体質ではないようだから、盃から少し口に含んだ程度であれば気にすることはないでしょう」

　湿布薬の貼ってあった場所を見て、エイベル医師はもう一度エウドキアとカガンにそれぞれ微笑みかける。するとカガンは何かに気が付いたようにひとつ手を打って、エイベル医師の肩に手を添えエウドキアを見た。

「ああ、そうだったすまない。紹介しよう。兄のエイベルだ。臣籍に降り、今は我がカザックの城下で診療所を開いている。どんな疫病もたちどころに駆逐(くちく)する稀代(きたい)の名医だ」

　誇らしげに言うカガンの横で、義兄は苦笑いを浮かべながら胸に手を当てている。

「兄と言っても我々は多胎児(たたいじ)でしたから、本来どちらが兄でどちらが弟ということもないんですがね。ラーヘールの孫、イツハークの子でザハールの兄弟、エイベルと申します。稀代の名医というのは身内の贔屓目(ひいきめ)でしょうが、城下で細々と医家をしております」

　言われてみれば、義兄の面立ちはカガンによく似ていた。すっきりと痩せた輪郭(りんかく)もさることながら、切れ長の双眸(そうぼう)などは同じものを貼り付けたようにそっくりだ。

「――今宵、ザハール＝カガン陛下の妻になりました。エウドキアです。ご面倒をおかけして申し訳ありません。義兄上殿」

彼らの習慣に則り、自分も伴侶の名を連ねて自己紹介をした。眼前の義兄は感心したように目を瞠り、隣に座する夫は照れたように頭をかいていた。そんな様を見てしまうと、なんだかこちらの方まで照れくさくなってくる。

「いやはや、これはこれは。妃殿下は我々の習慣をよくご存知でおいでだ。全く頭が下がります。……しかし、面倒だなんてとんでもない。多島海と中央平原では気候も習慣も違うでしょうからね。何か気になることがあれば、いつでもなんなりとご相談ください」

エウドキアの自己紹介に、義兄は恐縮した風にそう言っていそいそと席を立った。顔はよく似ているけれど、その所作はカガンよりもずっと柔らかだ。

「……優しそうな方ですね」

もと居たダスタルハンの前へ戻って行く義兄を見送りながら、率直な感想を述べる。双子だけあって面立ちこそ二人はよく似ているけれど、義兄からはカガンのような苛烈さや野性味は感じられない。

「私と違ってか？」

「いえいえ！　そんな、その、そこまでは……」

言葉の外で思っていたことをずばり言い当てられ、咄嗟に取り繕えなかった。気を悪くさせたかと思いきや、カガンは愉快そうに笑ってエウドキアが飲み残したアルヒを呷る。

「昔からよく言われる。しかし、あれは羊の皮を被った狼なんだ。実際のところ、エイベルは私より相当に破天荒な男だぞ？」

「さ、さようでございましたか……」

カガンはにやりと口角の片側を上げ、ますます愉快そうに続けた。

「ウルジュスで王族に連なる男が、王籍を離脱するだけでなく市井に降りて糧を得ようとするなど、そうできることではないんだ。夜ごと親父とやりあって、毛皮のあちこちに禿げを作っていたものさ」

ユルタの入り口そばのダスタルハンを囲む義兄は、やはり穏やかな顔つきで年長の列席者へ酌（しゃく）をしている。人は見かけによらない。様々な本に書いてあったが、今の彼を見ている限りではそんな激しい様はとても想像できなかった。

「そうだ。ついでと言ってはなんだが折角の機会だからな。我が親衛隊長も紹介しよう。カリム！　ここへ！」

そう言ってカガンはくるりと背後の衛兵を仰ぎ見た。先ほどエウドキアが噎せたアルヒの検分をしてくれた衛兵だ。彼はやはり音もなくカガンとエウドキアの前に跪き、兜を外して足元へ置いた。

「ラーヘールの孫、ソヘイルの子、カリムと申します。ザハール＝カガン陛下、エウドキア妃殿下におかれましてはこの度のご婚礼、心よりお祝い申し上げます」

親衛隊長という威厳ある肩書きからして壮年の厳しい軍人の姿を想像していたのだが、兜の下から現れたのはカガンとそう歳の変わらない若武者だった。東方の人間らしく凹凸の少ない顔立ちをしているが、黒く波打つ長い髪には親近感を覚える。彼には少し西側の血も入っているのかも知れない。

「こちらこそ、温かな歓迎に心から感謝いたします。不束者ではありますが、何卒よろしくお願いいいたします」

低く首を垂れたカリムに合わせて、エウドキアもまた深く頭を下げた。するとカリムは律儀にもより一層首を低くしようとするので、慌てて頭を上げる。

人に傅かれる立場というのが、気持ちの上でどうにも難しい。ほとんどの時間を一人きりで過ごして来た離宮での生活はむしろ、そうした気を張る必要がないという意味ではここでの生活よりも気楽だったのかもしれない。

「カリムは臣籍降嫁した父方の叔母の子にあたるんだ。まあ、我々の従弟だな。当代一の弓の名人で、剣だって滅法強い。私の腹心だ」

そう言ってカガンは自慢げに胸を張る。しかしカリムは眉ひとつ動かさないまま、外した兜を脇に抱えて膝を立てる。

「お褒めに預かり光栄です。しかし半可な腕では栄誉ある親衛隊長の肩書きに見合いませぬゆえ、当然の努めかと」

カリムはすぐに兜を被り直し、持ち場へ戻っていった。表情から考えが察せられないので近寄り難い印象の人物ではあるが、それが武人らしいと言えば武人らしいのかもしれない。

一時騒然としたユルタではあったものの、気付けばすっかり祝宴の空気で満ちていた。楽団の奏でる弦の音は陽気に響き、酔いの回った一部の列席者など、衣服から飛び出した尾をふさふさと揺らして上機嫌に踊っている。

「そうだ。腹は減っていないか？　温かい内に食べるといい」

カガンは手ずから皿に料理を取り分け、アルヒの代わりにミルクティーを淹れてエウドキアの前へ置いた。

「ありがとうございます。……いい匂いです」

緊張のためかそれまで特に空腹を感じていなかったものの、皿から立ち上るぴりりとした匂いの湯気を吸い込むと途端に食欲が首をもたげてきた。ミルクティーは西域の飲み方と違って塩味なので少し飲みづらいものの、野菜や羊肉とともに炊き上げられたピラフは程よい辛さで匙が進む。

しかしピラフを少し食べたところでカガンの従臣や親戚たちが一言挨拶をと引きも切らずに詰めかけ、エウドキアは食事のお預けをくらうことになった。

「ええと、書記官殿の次にいらっしゃったのが義母上殿方の伯父上殿夫妻で――」

「そう。母の兄シナンと、その妻エレナだ。伯母上は桃色の美しい髪をしていたろう？紅鶴（べにづる）の血を引く人禽種なんだ。宿営地で渡りの羽休めを世話したのが縁だそうだ」

「なるほど……それで、今しがた盃を交わされていたのが――」

「最南部を治めている再従兄（はとこ）のウルマス＝カガンとその妻のジャミーレだ。嫁ぐ前のジャミーレは南部一の踊り子でな。彼の舞を見れば寿命が延びると言われていたほどだ」

親戚たちが盃に注いでいくアルヒをエウドキアの分まで呷っていたカガンは、赤い顔で上機嫌に教えてくれる。なるほどウーラの言う通り、ウルジュスという狼の群は多様性で溢れているようだ。

「すみません。私にはなんの特技も、美貌（びぼう）もなくて……」

しかし彼らが受け入れられているのはひとえに類稀（たぐいまれ）なる美貌であったり、人を魅了してやまない特技のためであるように思えてならなかった。そうしたものを持たない自分はやはり、この地で上手くやっていけるのかどうか甚だ疑問だ。

「そういうことを言っているのではない」

しかしカガンは、エウドキアが発した不安へ被せるようにして言った。その真剣な眼差しに射竦められ、エウドキアは思わず息を呑む。

「伯母上も再従兄らも、そなたのよき相談相手になるだろうと思って今日は来てもらったんだ。第一――」

カガンはおもむろに盃を置き、縄のように編まれドレスの上に垂れているエウドキアの長い髪に触れる。

「――この、草原に射す陽の光のような髪。私には、この髪以上に美しいものなどこの世にはないように思えるが？」

手に取った髪の束に口付けをしたカガンと目が合った。するとどうしたことか、その赤ら顔を伝染されでもしたみたいに頬が火照ってくる。

手の甲や頬や唇にする口付けは求愛の定番というのは、エウドキアも本で読んできたので知っている。

けれどそれが髪の毛となるとどことなく偏愛的に感じられて、嬉しさや照れくささの隙間に妙な疼きを感じた。

ベールを外された時といい今といい、カガンの行いには時々ひどく心をかき乱される。胸はどきどき高鳴り心の奥がむず痒くてたまらず、けれどそれを自覚すればするほど自分が自分でなくなっていくような気がしてなんだか恐ろしい。

「あ、あの、ご家族は……義兄上殿のほかにはお見えになっておられないのでしょうか」

カガンがずっと自分の髪を弄(もてあそ)んでいるのがあんまり恥ずかしく思われて、かえってそのことに触れられずに話題を変えた。

「ああ。母のアイシャ＝カガンは生憎、ナウルズの準備に忙しく国を空けられぬということだった。いずれ挨拶に向かわねばと思っているんだが、付き合ってくれるか？」

「さようでございましたか……かしこまりました。もちろんです」

義母の名に付く称号が、彼の父親の死を示している。どんな顔をしていいか分からず、かと言って気付かなかったふりもできず、エウドキアは気まずさのままに目を伏せた。

「……父イツハークは疫病で死んだんだ。私やエイベルが成人する少し前のことだった」

エウドキアが気まずげに目を伏せたのに気付いてか、カガンは指先で弄んでいた髪の束を放し、訥々(とつとつ)と自身の家族について話し始める。

「父のほか、祖母ラーヘールと祖父ゴリアテ、妹のサロメとサライ、弟のダヴィドも病で死んだ。ダヴィドはまだ六つだったかな。――水不足が災いして流行った病でな。それは決して我が家だけのことではなかった。人も家畜も、あちこちで沢山死んでいった。あの頃は草原に生きる全ての者にとって、清潔な水の確保と疫病の駆逐が急務だった」

「そんなことが……」

水不足と疫病の流行。それは、ネレイデスで読んだ本には書かれていないことだった。

「……お痛ましいことです。けれど陛下はご家族や民草のために戦い、それを成し遂げられたのですね」

「いや。……まだまだ、これからだ」

カガンは宴席に似合わぬ厳しい顔つきでそう断言し、宴もたけなわのユルタをどこか遠くを見るような目つきで見渡した。

「家族や家畜を亡くし、路頭に迷った者が大勢いる。失われたものが多すぎるんだ。財産ばかりではない。大切なものを奪われた心の痛みが癒えるまでは……みなの心に空いた穴を埋めていく作業は、一生涯をかけても成せるかどうか分からぬ大仕事だ。これからも、ますます我が民のために努めていかねばならん」

「一生涯……ですか」

生涯をかけた、恢復（かいふく）のための努め。果てしない話だと思った。しかし、彼はそれに生涯を捧げる気概でいるのだろう。

自身の下に付く者たちのために人生を賭して働くというのは、実に立派な心がけではあると思う。しかし何かを失った心の穴を、そのもの以外の何かで埋めることなど果たしてできるのだろうか。そういう意味でも、彼の挑む大仕事は実に果てしない試みであるように思える。

「――すまない。宴席でする話ではなかったな。少し酔いが回っているのかも知れん」

カガンが苦笑いを浮かべてそう言ったのと、ユルタの真ん中あたりで歓声が上がったのはほとんど同時だった。何事かと思いそちらを見ると、つい先ほど挨拶を交わしたカガンの伯父夫妻が手を取り合って見事な踊りを披露している。

「わあ……素敵なダンスですね。ウルジュスの踊りですか？」

エウドキアも思わず見惚れて拍手をし、カガンに尋ねた。

「いや。あれは確か、伯母上の一族の舞いだな」

カガンは息の合った夫妻の踊りを見て、身振り手振りを交えながら答える。

「片足で跳ねながら、頭の上で手を取り合うような振りがあるだろう？　あれは紅鶴の求愛行動を模（も）した踊りで、伯母上の一族では結婚式に欠かせないものなんだそうだ」

カガンはそうして丁寧に一つ一つの振りの意味を教えてくれた。なるほど弾むような弦の音に合わせて披露される彼らの舞いは、互いに愛を囁き合っているようにも見える。

「どうだろう。我々も踊ってみないか」

「ええっ⁉　無理です！　私はダンスなんて一度も――」

突然の提案に動揺し、思わず首を大きく横に振った。しかしカガンは構わずエウドキアの手を取り「私もだ」と言って立ち上がる。

「陛下も……ですか？」

「ああ。これまではあまり関心がなかったんだが。……どうしてかな。今日はやけに踊りたい気分なんだ」

満面の笑みでそう言ったカガンに釣られて立ち上がると、カガンはますますその顔を喜色でいっぱいにしてエウドキアの手を引いた。

新郎新婦が踊りの輪に加わると、そこかしこから拍手や指笛が聞こえてくる。エウドキアはカガンと手を取り合ったまま、空いている方の手でドレスの裾をたくし上げた。それから曲に合わせて、見様見真似で右、左、と順番に足を上げてみる。

「そうそう。上手いじゃないか！　私よりも筋がいいんじゃないか？」

足元ばかりを見ていたら、頭の上からカガンの楽しげな声が降ってきた。

「そっ、そんなことは、全然――」

顔を上げたらばちりと目が合い、ずっと彼に見つめられていたのだと気付く。

「わっ！　へ、陛下⁉」

周囲からはまた、より一層の温かな歓声や拍手が上がる。カガンに高く抱き上げられたエウドキアは、祝福してくれる人たちの顔を自分の身長よりも高いところから眺めた。

「ああ、エウドキア！　愛しい私の妻！　今日は人生最高の日だ！」

カガンは頬を紅潮させ、これ以上の幸福などないとでも言うようにそんな声を上げる。その熱烈な歓喜の様はやはり面映ゆくて仕方がないものの、この結婚はエウドキアにとってもまた、これまで生きてきた中で一番の幸福なできごとに他ならない。

あの離宮で花と向かい合うばかりであった頃の、孤独な自分に教えてやりたい。世界は広く、生きていればいずれこんなにも温かな愛に包まれる日が来るのだということを。

＊　＊　＊

披露宴はその後、無事和やかに幕を下ろした。——と聞いている。伝聞形なのは、段取りに則ってエウドキアはその場を中座したからだ。

エウドキアはその後、カガンに抱き上げられたまま隣のユルタに連れて来られた。大きな寝台が置かれたこのユルタで新郎新婦は初夜を過ごし、列席者たちは主賓の抜けたユルタで朝まで二次会を続けるようだ。宴会の騒がしい声が初夜の魔除けになると信じられているらしい。

新郎新婦の退場は本来、列席者たちと共にもうしばしいくつかの余興(よきょう)を見物した後のことだという。しかしカガンがすっかり感極まってしまって花嫁を離さないので、親戚たちに冷やかされるまま早めの床入りとなった。

「……陛下、ご気分はいかがですか？　お水を持って来ましょうか」

エウドキアがそう声をかけても、カガンは寝台の上でうつ伏せになったまま動かない。けれどズボンの腰のあたりから飛び出した銀色のしっぽが揺れているので、ひとまず意識はあるようだ。

自分をこのユルタへ担いでくるなり、カガンはまるで糸の切れた操り人形のように寝台へ突っ伏した。

驚いてウーラと義兄に助けを求めたものの「アルヒと月の光に酔っているだけだから、しばらく寝かせておきなさい」と言われるばかりで取り合ってもらえない。なのでエウドキアは、同じ寝台に腰掛けたまままずっとおろおろしている。

人狼であるオズベクたちは、満月の光を浴びると本能的な欲求を強く掻き立てられるのだと言う。そのため酒の飲めないエウドキアの分も盃を呷(あお)っていたカガンは、ユルタを移る際に浴びた月の光の作用もあって酩酊したのだろう。というのが義兄の見立てだ。

　このユルタは祭壇と寝台、それに小さな化粧台が一つ置いてあるだけだ。化粧台には水差しと盃、それに薬壺と思しき蓋のついた陶器の入れ物が置いてある。

　薬壺の中身が酔い覚ましの薬ならよかったのだけれど、入っているのはクリーム状の脂薬だ。用途は分からないものの、爽やかな花の香りがする。

　分からないと言えば、一番分からないのはカガンの腰のあたりでしきりに揺れているしっぽのことだ。

　肌から直接生えているのだとすれば、驚いたりして急に飛び出してしまった時にはズボンや下着を突き破ってしまうことになるんだろうか。もしそうだとするならば、換えを何本も持ち歩かなくてはならないのではないか。

　どうしてもそれが気になって、エウドキアはカガンのしっぽの付け根あたりに手を伸ばしてみた。

　すると銀色のしっぽは途端にくるんと内側に丸まって、カガンが飛び起きた。

「ごめんなさい！　あ、あの、とんだご無礼を！」

　驚いて思わず寝台の端の方に飛び退き、声を上ずらせる。しっぽはその間も、まるでそれ自体に意思が宿っているかのようにふるふると揺れていた。

「ああいや、こちらこそすまない。しこたま酒を飲んだところに月の光を浴びて、私としたことが……尾が気になるのか？」

エウドキアがあんまりそこばかりを気にして見ていたからなのか、カガンは自分のしっぽを掴んで見せた。

「いえ、あの……」

「違うのか。では――」

「違いません！　気になります‼」

結婚相手とは言え、会ったばかりの人に体のことを聞くのはさすがに不躾だろう。そうは思ったものの、好奇心に負けてしまった。そうして身を乗り出したエウドキアを認めたカガンは、愉快そうに笑いながら上着を脱ぐ。

「遠慮などせず、初めからそう言えばいい。どこが気になる？　触ってみるか」

「すみません……では、失礼して……」

カガンは寝台の上で膝立ちになり、エウドキアに背中を向ける。その言葉に甘え、エウドキアは掌でそっとその尾に触れてみた。

しっぽはやはり、腰の少し下あたりから生えている。内側がもこもこの短い毛で膨らんでいて、外側はそれよりも少し硬くて長い毛に覆われていた。毛並みに沿って掌を滑らせると、温かくてつるんとして気持ちのいい手触りだ。

「あ。あー……なるほど……」

そして肝心のズボンであるが、なんのことはない。尾てい骨のあたりにスリットが入っていて、胴回りで釦を留めるような仕立てになっていた。

要するに前と後ろが両方とも寛げるようになっているのだが、後ろの方は前と違って開きっぱなしになっている。

つまり、不意にしっぽが飛び出てしまった時にはこのスリットからしっぽを外に逃すのだろう。下着のことはまだ分からないけれど、きっと似たような処理がされているに違いない。

「ふふふ。疑問は解消されたようだな」

エウドキアがその釦のあたりに触れると、カガンは少しくすぐったそうに身じろぎをしてそう言った。

「はい。ありがとうございます！　しっぽが飛び出した拍子にズボンが破けていたら大変だと思ったのですが、杞憂(きゆう)でした」

慌ててしっぽを放し、膝立ちになっているカガンの顔を見上げて述べる。純粋な知的好奇心からとは言え、いつまでも相手の下半身をじろじろ見たり触ったりしているのもはしたないような気がしたのだ。なんだか急に恥ずかしくなってきた。

「なんだ。そんなことを気にしていたのか」

カガンは愉快そうに笑いながら上着を絨毯の上に置き、寝台の上で胡座をかく。長くしなやかな脚だ。節くれだった細い棒のような自分の脚とは全然違う。いつもは鬱陶しいばかりの長いスカートだけれど、今日ばかりは貧相な体を隠してくれて有難いと思った。

「他にはなにか、気になることはないか？　この際だ。なんでも言ってみろ」

「はい。あの、化粧台にある薬壺の中身は香油でしょうか。お花のいい香りがしました」

「香油？」

カガンは首を傾げながら寝台を降り、エウドキアの背後にある化粧台へ歩いて行った。そしてその上にある小さな薬壺を手に取り、その蓋を開ける。すると途端に背中ではしっぽがぶんぶんと揺れ、頭の上では狼の耳がむくりと立ち上がった。

「……陛下？」

エウドキアは「狼の耳が出ている時は人の耳はどうなっているのだろう」と気になって目を凝らしてみる。どうやら頭の上に狼の耳が出ていても、人の耳は特に何かが変わることはないようだ。変わったところがあるとすれば、肌の色が耳のみならず真っ赤になっているところくらいだ。

「――エウドキアよ。これは香油ではない」

そう言って振り向いたカガンの顔は、耳や首筋と同じように真っ赤だ。急に立って歩いたので、また酔いが回ったのかもしれない。

「そうですか。では、塗り薬ですか？　爽やかな香りなので、胸のあたりに塗ったらすっとして寝つきが良くなりそうです」

カガンの気分が優れない様子なら水をたくさん飲ませるように。とウーラから言われたのを思い出し、エウドキアは自分も寝台を降りて水差しを手に取った。カガンが薬壺を開けたままにしているので、あたりには花の香りが立ち込めている。

「……塗り薬には違いないが、ちょっと違うな。これは要するにこう、初夜にあたって肌の滑りをよくするための物で――」

「肌の滑り？　ですか？　それは一体……あっ！　わっ⁉」

確かに脂薬を塗った肌はぬるぬると滑るような感じにはなるが、一体全体、それが初夜となんの関わりがあると言うのだろう。そんなことを考えながら盃に水を注いでいたら、カガンは不意に片腕でエウドキアを抱き上げた。盃の中身が零れ、二人の婚礼衣装をしとどに濡らす。

「陛下！　お衣装が！」

「構わん。すぐに乾くさ」

短く応えたカガンは寝台の上へエウドキアを寝かせると、手にしていた薬壺をぽいと枕元へ転がした。

そして仰向けのエウドキアを跨いで覆い被さり、また髪の束を手に取って口付けをして発する。

「……そんなことより、百聞は一見に如かずだ。あの脂薬も、使ってみればどういう物かが嫌でも分かると思うが？」

淫靡に赤いランプの灯を背負い、カガンはにやりと笑った。脂薬の用途は分からないままだけれど、これから起こることにおいて重要な役目を果たすのだろうことは流石に察せられる。

「そっ……それはそうでしょうけれども！　やっぱり両性具有でもない男が二人、閨を共にすることに一体なんの意味があると⁉」

「意味が必要か？　私はただ、そなたと愛を分かち合いたいだけだ」

弄ばれるままの三ツ編みを引いて取り上げ、寝台の上を後ずさりして距離を取った。カガンは不服そうに眉を寄せ、果敢ににじり寄ってくる。

「ですから！　分かち合うと言ったって、一体何をどうすると言うんです⁉」

「どうするって、男と女でするのとそう変わらんさ。違いなんぞ穴が股座にあるのか尻にあるのか、濡れるか濡れないかぐらいのものだろう」

「ま、まさかそんなところに!?　い、入れ……っ」

その直接的な物言いに、思わず絶句した。言うまでもなく、エウドキアにとってのそこは単なる排泄器官でしかない。――少なくとも、今この瞬間まではそうだった。

「……知らなかったのか？」

エウドキアは絶句したまま首を縦に振った。胸の内は不安と恐れに満たされ、今にも涙が溢れ出しそうだ。

いくら世間知らずと言っても、新婚の二人が初夜をどう過ごすのかぐらいのことはエウドキアも知っている。なので当然、覚悟をして来なかったわけではない。けれどいざことに及ぼうという局面に当たると、やはり怖くて仕方がない。

そんな風に土壇場で怖気付いたエウドキアの様子を認めてか、カガンははっと我に返ったようにエウドキアのそばから退いた。

「あ……すまない。その……まだ少し、月の酔いが残っているようだ。――満月を甘く見てはいけないな」

そう言って苦笑いを浮かべるカガンの顔や耳はやはり紅潮し、心なしか少し息も荒いようだ。興奮している——というよりはなんだか風邪を引いて熱に浮かされている時のように見えて、エウドキアには自分の純潔よりもむしろカガンの体調の方が気遣われた。

「あの……確か、月の光は」

本能を……と続けようとしたエウドキアの言葉を、カガンは「ああ」と頷いて遮った。

「——我々オズベクは満月の光を浴びると、どうも理性の箍が外れてしまう。婚儀が必ず満月の晩に行われるのはそのためだ。新郎新婦は大抵、月の光を浴びながら行う初夜の激しいまぐわいで最初の子を授かる」

「さ、さようでございましたか……」

カガンの口から「初夜の激しいまぐわい」という言葉を聞いて、エウドキアの顔や耳もまた彼と同じようにかっと熱く紅潮していく。が、月の光を浴びながらという事実には背筋に冷たいものが走っていくのが分かった。

「では、その……お、オズベクの夫婦の初夜というのはもしや、お外で——」

「ああいや。流石に家の中で行うが——ほら、見てみろ。ユルタには天窓があるだろう」

そう言ってカガンは上を向くと、寝台のちょうど真上にある丸い窓を指差した。

「今は布がかかっているが、あそこを開けて同衾するのが我々の初夜のしきたりなんだ。そうすると、天窓から寝台へ満月の光が差し込むようになっている」

エウドキアはもう一度「さようでございましたか……」と発して、カガンの指差した天窓を一緒に見上げた。彼は気に留めていないようだが、エウドキアはつい「お外で」などと口走ってしまった自分が恥ずかしくてたまらない。

「まあ——外でというのも悪くはないがな。草原で昔ながらの遊牧生活を送る夫婦には、むしろそれが普通という者も多い」

「そうなんですか⁉」

思わずそんな声を上げてカガンを見た。カガンはやはり、少し熱に浮かされたような顔つきでエウドキアを見つめている。

「野蛮に思えるか？　しかし家族も一緒に寝ているユルタで、息を潜めてこそこそ愛し合わねばならんのは窮屈だろう」

確かに、居室を分けられないユルタでの暮らしではそのあたりが不自由だ。理屈としては納得できる。けれど、自分もカガンと同じように「悪くない」と思えるかと言えば、それは全く別の話だ。家の外で裸になって誰かと抱き合うなんて、恥ずかしいし怖い。

「……しかし今夜のところは外に出るのも、天窓を開けるのもよしておこうと思う」

カガンはまた苦笑いを浮かべ、少し恥ずかしそうに声をひそめた。

「満月の光をまともに浴びて、そなたを抱き潰してしまわない自信がないんだ。新婚早々嫌われてしまったら、あまりに悲しすぎる」

「陛下……」

その威風堂々とした見かけとは裏腹に、カガンは言葉通り自信の無さそうな声音で吐露する。その不安げな様子にエウドキアは「怖いのはこの人も一緒なのだ」と感じ、かえって安心感を覚えた。

きっと自分が「貧相な姿を見せて幻滅されてしまったらどうしよう」と思っていたのと同じように、カガンは今「月の光によって我を忘れて、花嫁を傷つけてしまったらどうしよう」と考えているに違いない。

けれど、そんな風に考えてくれる人になら身を任せても大丈夫な気がする。初めてのことが怖いというのは変わらないけれど、彼と一緒なら乗り越えられそうだと思った。

「――本を、読んできたんです。……念のため」

エウドキアがおもむろに発すると、カガンは怪訝そうに眉を寄せた。

「本？　一体、どんな本だ」

「……愛し合うことについて書いてある本です」

本に書いてあったことを思い出すと、そういう本を読んできたことを話しているのが無性に恥ずかしく思えて顔から火が出そうになった。

「でも、ネレイデスにあった本には、なんというか……男女のことや女性同士のことほどは、詳しく〈男と男〉のことが書いていなくて――だから本当に、どうしたらいいか分からなくて……」

そんな打ち明け話を、カガンは真剣な顔つきで熱心に聞いていた。そして最後にエウドキアが戸惑いながら言い淀むと、深く息を吐き「そうか」と言って頷いて見せる。

「……確かに、言われてみれば無理もない。かの女人国には、言わば最も縁遠い事柄だものなあ」

カガンは蒙を啓かれたように唸り、それから愉快そうに微笑んだ。

「しかしまあ、心配ないさ。体の感じるままに、自然に任せていればいい。人類の始祖とてそうして愛し合ったはずだ。男も女も、子を成すも成さぬも、もちろん妖精も獣人も関係ない。愛の営みにおいて、区別は無意味だ」

そう言ってカガンは、そっとエウドキアの髪を結っていた紐を解く。長い髪が彼の指の間を滑り落ち、寝台の上に波打った。

「ああ……夢ではないのだな。この日をどれだけ待ち侘びたことか」

切々とした声で零された言葉に胸が高鳴る。不安や恐れよりも、その言葉が真実であってほしい気持ちが勝った。なのでエウドキアは目を閉じ、夫となった男に身を委ねる。

「……優しくしてください。何も分からないから、怖くてたまらないんです」

　羞恥のあまり、目を瞑った上で更に両手で顔を覆った。世間知らずなことも、それをこうして自己申告していることも、両方死ぬほど恥ずかしい。

「もちろんだとも。嫌だと言われても離してやれないが、必ず幸せにする。約束しよう」

　しかしエウドキアの顔を覆っていた両手はすぐに退けられ、代わりにカガンの大きな手がエウドキアの頬に触れた。じき唇にも柔らかなものが触れる。

　カガンは寝台にエウドキアを残したまま一度立ち上がり、天窓を覆う布がしっかり木枠に結ばれていることを確認してからランプを消した。あたりが闇に包まれたことで緊張感が高まり、心臓は痛いほどに早鐘を打つ。

　やがて寝台の上へ戻ってきたカガンは、エウドキアの纏っているドレスに恭しく手をかけた。花嫁衣装を一枚また一枚と剥がされていくごとに、体の熱が上がっていく。

「——っ！」

「すまない。切れた」

　気持ちが逸るあまりか、カガンはコルセットの紐を引き千切ってしまったようだった。その力の強さには、やはり少しだけ体が竦む。

「……こんなざまだ。加減ができていない。これで月光など浴びていたらと思うと、私は自分で自分が恐ろしいよ」

「恐ろしいだなんてそんな、陛下……」

　確かに、紐を引き千切られてしまったのには驚いた。けれどそのことをこんなにも悔いる彼が恐ろしいとは、エウドキアにはもう思えない。

「……私なら、大丈夫です。陛下はお優しい方だから、きっと月の光を浴びたって乱暴なことなんかしないに決まっています」

　紐の切れたコルセットを自分で外し、エウドキアは再び目を閉じた。すると、微かに笑うようなカガンの吐息が聞こえた。

「信頼を寄せてもらえるのは有り難いが、少し買い被り過ぎだな。期待を裏切るようなことはしたくないが——男はみんなけだものだ。気をつけたほうがいい」

　照れたような苦笑交じりで言いながら、カガンは再びエウドキアのドレスを丁寧に脱がしていった。やがて裸の胸が夜の空気に晒されると、肌寒さに一度ぶるりと体が震える。

「寒いのか？」

　そんなカガンの声で下ろしていた瞼を上げると、しなやかな筋肉を覆う肌に刻まれた無数の切り傷や火傷の痕が目に入った。その凄惨な様に、エウドキアは思わず息を呑んで目を瞠る。

「ああ……これか。気色悪いものを見せてすまない。晒しか包帯で隠すことができればよかったんだが、生憎どこもかしこもこの有様だ」

カガンは苦笑いで傷だらけの体を見下ろし、羊毛の上掛けを手繰り寄せて自分とエウドキアを包んだ。その動きと共に、縫合痕（ほうごうあと）がいびつに引き攣（つ）る。その様がどうにも痛ましく思えて、エウドキアは肩口の傷の一つを掌で摩った。

「大変な戦いをしてこられたのですね。よくぞご無事でいらっしゃいました」

暗闇の中では彼の顔色こそ窺うことはできなかったが、その息遣いや声音からカガンが感極まった様子でエウドキアを見ているのが分かった。

「……この醜（みにく）い傷が、恐ろしいとは思わないのか？」

「それは――」

抉れて変色した肌や隆起した傷跡の様が、恐ろしくないと言えば嘘になる。しかし彼は自分よりも遥かに力を持たぬ者のためにこの傷を負い、そして今なお「一生涯をかけて成せるかどうかも分からぬ大仕事」と戦っているのだ。

「――確かに、恐ろしいです。でも恐ろしいのは傷痕ではなく、何かが少し違っていたら陛下は命を落とされていたのかもしれないということです。……本当に、陛下がご無事でよかった。醜い傷だなんて思いません。だって陛下は、たくさんの人を守るためにその傷を負われたのでしょう？」

　もしもカガンが戦で命を落としていたら。自分はずっとあの離宮で、孤独に一生を終えていただろう。こんな風にして人の温もりに触れるようなことも、耳元で睦言を囁かれることも、そうしてくれる人に出会えた喜びも、何一つ知らないまま。

　もう一度、カガンの肩口の傷に触れる。するとカガンは、エウドキアを強く抱きしめて唇を奪った。エウドキアの呼吸が、唇を深く重ねられるごとに荒くなる。

「ああ――エウドキア。愛している！　この命尽きるまで、私が愛するのは天に誓ってただ一人、そなただけだ！」

　耳元で吐露されるそんな睦言に、胸の高鳴りとともに体が熱くなった。羊毛の分厚い上掛けは、カガンの求愛の前に無用の長物となる。呼気まで飲み込まれるような口付けや骨が軋むほどの抱擁で、汗ばんだ肌に髪が張り付く。

「あ、あっ、ん――陛下、あつい、です」

　エウドキアがそう訴えると、カガンは黙って上掛けを押し退けた。しかし、彼の視線に晒された裸体の熱は冷めない。

　カガンはエウドキアの肌に張り付いた髪を愛おしそうに指先で払いながら、その場所へ口付けをしては赤い痕を付けていく。そうして胸の先を吸われた時には、自分でも驚くほどの扇情的な高い声が上がった。

「なんて可愛い声だ。鈴を振ったような声というのは、このことをいうんだろうな」

「やっ、陛下、そんなこと……」

甘い刺激の名残りなのか、声は未だ上ずって震えていた。好色な響きを孕んだ自分の声が恥ずかしくて口を噤んだものの、カガンに再び胸の先を吸われたり摘まれたりすれば、その堪え難い快楽にはやはり吐息とともに甘ったるい声が漏れてしまう。

エウドキアは下着の内側に違和感を感じ、そっと目線を自身の下肢（かし）へ動かした。腰巻が不自然な形に持ち上がっている。

「あ……、へ、陛下……っ」

カガンの手が、そんなエウドキアの腰巻にかけられた。思わず身じろぎをして、その手を避けてしまう。

「やはり、怖いか？」

俄（にわ）かに体を強張らせたエウドキアの様子に気付き、カガンは躊躇いがちに手を引っ込めた。その時だった。

寝台の上へ光が差し込み、あたりが俄かに明るくなった。いつの間にか天窓にかけられていた布が引き裂かれ、ぽっかりと穴が空いている。そこには煌々と輝く満月が浮かんでいて、その月明かりが寝台へ降り注いでいるのだった。

そしてその満月の光を刹那、布切れを咥えた子どもの狼が遮ったような気がした。

「陛下……陛下!?」

天窓を背にエウドキアを組み敷いていたカガンも、妻の裸体が月明かりに照らされていることに気付いたようだった。目の色を変えて素早く背後を振り向くと、憎々しげに舌打ちをして裸のまま寝台を転がり降りていった。

「来るんじゃない！　早く……早く服を来て、隣のユルタに行っていなさい」

カガンは寝台のそばで蹲（うずくま）ったまま、腕だけを伸ばして羊毛の上掛けを被った。息は荒く声も苦しげで、今にも死んでしまいそうに見える。

「そんな、陛下……だって、こんな、お辛い様子の陛下を置いて――」

「いいから早くしろ！」

鬼気迫る様子で怒鳴りつけられ、思わず身を竦ませた。やがてカガンは、上掛けの中でしきりに嗚咽のような唸り声を上げ始める。

エウドキアは他ならぬ彼に脱がされた下着のチュニックを急いで着込み、寝台を降りて化粧台へ向かった。そして水差しを手に、上掛けを被って唸り声を上げているカガンに駆け寄る。

いくら彼は人狼だからと言ったって、妖精も獣人も根本的には同じ〈人間〉だ。月の光を浴びただけでこうまで様子をおかしくしてしまうということが、やはり俄かに信じ難い。月の影響のほかに何か、体に重大な異変を来している恐れがあると思った。

「すぐに義兄上を呼んで参ります。それと、ウーラに言われたんですが……陛下のご気分が優れないようならお水をたくさん——」

上掛けを被って蹲っている彼の前へ水差しを置いた、その手首を強く掴まれた。

「痛っ……陛下⁉」

カガンはそのままエウドキアを寝台の上へ引き上げると、瞬きの間にうつ伏せにして下着を剥ぎ取った。まるで人が変わってしまったかのような強引で心無い手つきに、背筋が凍りつく。

「やっ、陛下、いやです！　痛い——あぅっ！　い……っ‼」

腰を持ち上げられ、背中から強く抱きすくめられた。かと思えばすぐにうなじへ噛み付かれ、鋭い犬歯が首筋に食い込むのが分かる。

命の危険すら感じるほどの痛みにエウドキアは動揺し、混乱と恐れでかえって声が出なかった。ただただ恐怖に全身が竦んで、呼吸もままならない。

カガンはそのままエウドキアの腿の間に大きく反り立ったものを捩じ込み、それこそ獣

のように体を揺すりはじめた。その乱暴な揺れに、草原の悪路を思い出す。

視界が絶えず動き続けて気持ち悪い。脚の間で肌が擦れて痛い。愛していると言った、その舌の根も乾かぬ内になぜこんな酷いことをするのか。いくらそれが人狼の性だと言っても、月の光を浴びたくらいでどうしてこうも豹変してしまうのか。エウドキアには何一つとして理解できない。

「う、うぅ……いた、い、ぐっ、うう……っ！」

どうにかしてその心無い行為から逃れようと藻掻くエウドキアの両手首は、いとも容易く片手で頭の上に押さえつけられた。関節がみしみしと音を立て、鈍い痛みが走る。

カガンはエウドキアをシーツへ深く沈めるように、全身でエウドキアの体を使い自慰に耽（ふけ）っている。まるで道具扱いの酷く屈辱的な行為に、悔しさと悲しさが胸を満たし涙が溢れる。

ぐらぐらと揺れ続ける視界の隅に薬壺を見つけたエウドキアは、藁にもすがる思いでそれに手を伸ばした。「肌の滑りをよくするための物」であるらしい脂薬を使えば、悔しさや悲しさは消えずとも擦り切れるような内腿の痛みは紛れるかもしれない。

「うっ……くっ……うぅ」

薬壺に指先が触れたものの、次の瞬間にはカガンがそれを取り上げた。その一瞬は絶望

ショコラ文庫最新刊！

12月のラインナップ

2020年1月のラインナップ｛ショコラ文庫1月10日発売予定｝

「花曇り（仮）」
藍生有　イラスト／花緒ト繪

「ケダモノ皇帝の妃はポンコツ神様（仮）」
鹿嶋アクタ　イラスト／kivvi

で涙が溢れたが、思ったところへ使ってもらえるならばそれはそれだ。エウドキアは祈るような思いでシーツを掴み、涙を拭った。

「――ひっ、やっ、いやっ！　待っ……ああっ‼」

カガンはそれをエウドキアの内腿でなく、尻のあわいに塗りこめた。ややするとぬるりとした感触とともに太い指が穴の中に入り込んできて、痛みと異物感のあまり声が上がる。

「なんで……なんでこんな……こんなこと……」

寝台は花の香りに包まれているが、汗や体臭と混ざったその匂いが妙にいやらしく感じられて吐き気がした。それなのに、カガンの太い指で体の内側を擦られてエウドキアの下肢は再び形を変え始める。

「うそ……嘘っ、やっ、あ、ああ……っ！」

今度は脚を開かされ、脂薬を塗り込められた尻の窄(すぼ)まりに舌を捻じ込まれた。体内を汚らしく陵辱(りょうじょく)されているというのに、体の奥からは胸の先を啄まれた時よりも強い快楽が湧き上がってくる。そのことにエウドキアは、愕然とした。

「嫌だっ、ちが、あ、あああ……っ‼」

しきりに頭を横に振り、必死でそれを否定する。こんなに悔しくて悲しいのに、好き勝手に陵辱されているというのに、快楽なんて感じていいはずがない。感じるとすればそれはきっと、背に伸し掛かっているこのけだものと同類ということになってしまう。

「ああっ⁉　やっ、いやっ！　やめっ、待っ——ああっ‼」

「——愛している。私にはそなただけだ。エウドキア……っ！」

やがて男は耳元で卑しく囀った。そして脂薬と唾液でぬるついたそこへ自らの猛りを充てがい、無遠慮にずぶずぶと突き挿してくる。体を内側から真っ二つに引き裂かれるような痛みは、そのまま悲鳴になって口から溢れた。

「いやっ、やっ、あっ……あああっ⁉」

その悲鳴を聞いても、男は卑猥で禍々しい欲の証をエウドキアの体内へ突き入れることをやめなかった。あまつさえ空々しく、愛の言葉など囁いたりしている。その言葉がもう、エウドキアには発情した獣の唸り声にしか聞こえない。

つまりこの獣にとっての〈愛〉とは、欲望のまま相手を嬲り、犯し、尊厳をへし折ることであり、それをしでかしてしまう衝動のことなのだろう。だから自分の言葉を翻したんだろう。優しくすると言ったのに。幸せにすると言ったのに！

初めて会った時、宝物のように抱きしめてくれたのが嬉しかった。結婚式で失敗を庇ってくれた時は、なんて頼もしいんだろうと思った。

愛の言葉に感じた胸の高鳴りは、きっと恋のときめきに違いなかった。胸の先を啄まれて感じた甘やかな心地は、性愛を知った悦びに他ならなかった。

しかし彼に対してそんな感情を抱く瞬間は金輪際訪れないんだろう。つい寸前まで感じていた全ての幸福や、未来への期待を裏切られ、狂おしいほど強烈な恐怖と憎悪と嫌厭と怨毒で何もかもが覆った。そのことがあまりにも悲しくて、涙が溢れて止まらない。

「あああぁっ――ひぃっ……！」

体の中に大量の液体を注ぎ込まれたように感じ、エウドキアは泣きながら自分の腹に手をやった。そして、その時目に映った悪夢のような光景に絶句する。

顔の横に狼の前足があった。頭の上から狼の吠え声が聞こえた。背を覆っているのは人の肌ではなく、狼の毛皮だった。

「いっ……やっ、あ、あぁっ――っ‼」

エウドキアの中へ大量の体液を放った狼は、唸り声を上げながらそのまま再び激しくエウドキアの体を陵辱した。そしてややするとまたみっちり奥まで性器を押し込んでだくだくと射精し、いいだけ排泄を済ませるとそれを抜かずにまた腰を振る。

「やっ……あ、あ、もう……殺して――早く……っ！」

獣の肉茎が自分の体の中と外を往復するたび、接合部から粘ついた精液が溢れて泡立ち糸を引くのが分かった。こんな酷い裏切りに涙を流すくらいなら、あの離宮で花に埋もれて死ぬべきだったとエウドキアは後悔した。

二、

大晦日の朝、城の中は静かだった。ナウルズ前夜祭のため、カガンと親衛隊がバザールへ出払っているからだろう。

「――妃殿下。お目覚めでしたか」

寝台で天井の一点を見つめていたウエドキアの顔を覗き込み、ウーラは軽く目を瞠ってそう発した。

「ご気分はいかがです？」

「最悪です」

「さようでございますか……食欲はございますか？」

「ありません」

「それは困りました。お可哀想に……」

部屋の窓を開けて回っていたウーラは気遣わしげな声でそう言って、エウドキアの横たわっている寝台へ歩み寄ってきた。

「……まだお熱が高うございますね」

そしてエウドキアの額に触れ、ますます深刻そうに息を吐く。

「乳粥を持って参りますから、少しだけでもお召し上がりになってください。飲まず食わずでは、治るものも治りませんもの」

ウーラは返事を待たずに部屋を出て行った。いっそこのまま餓死してやろうかとも思ったが、腹の虫はウーラを歓迎するようにぐるぐると鳴いた。

いざ目の前に乳粥を出されたら、手を付けてしまうんだろう。エウドキアは自分の意思の弱さを情けなく思い溜息をついた。食にも性にも卑しい体が嫌になる。

王宮でエウドキアに割り当てられたのは、中庭の北側に面する一室だった。天井が高く広々とした部屋だが、どこもかしこもユルタと同じ極彩色のタペストリーやカーテンで埋め尽くされているので目がちかちかして落ち着かない。

なのでエウドキアは、唯一派手な色の使われていないタイル張りの天井を見つめながらただ寝台に横たわっている。

一晩中裸でいたので風邪を引いたらしい。一方カガンがぴんぴんしていたのはやはり毛皮のおかげだろう。そんなことを考えていると余計なことを思い出して、また気分が悪くなって来た。

今朝早くに目を覚ました時。エウドキアはまだユルタにいた。体の節々が痛んで指一本まともに動かせず、うつ伏せになったまま呻くことしかできない状態だった。

どうして呻いていたかといえば、腹が痛かったからだ。しかも、尻のあわいはその時もまだぬるついていた。一体どれだけの間この体は貪られ続けたのだろう。そんなことに思いを馳せると、また涙が出て来た。

その時、ユルタにはカガンの姿がなかった。なのでエウドキアは軋む関節に鞭を打ち、寝台に散らばっている下着の上下を手繰り寄せて身につけた。

「――エウドキア！」

下着の上に羊毛の上掛けを被り、寝台から降りて床を這っていた時だった。ユルタにカガンが戻って来た。

「くっ、来るなっ‼」

不思議なもので、その姿を見た途端あれだけ動かすのが困難だった体が機敏に動いた。エウドキアは上掛けを被ったまま四つん這いで床を這い、化粧台の後ろに隠れた。

「その……すまない。本当に、酷い目に遭わせてしまって……謝って済むとは思っていないが――ひとまず、湯を沸かしてきたんだ。着替えも持って来た。体が冷えているようだったし……そのままでは、気持ちが悪いだろうと思って」

なるほどユルタへ戻ってきたカガンは、一抱えほどもある大きな盥（たらい）を持っていた。エウドキアぐらいの華奢な体であれば、その中で体も洗えそうだ。

「湯は、ここに置いておく。……日が昇ったらウーラを迎えに寄越すから、それまではここで休んで――」

「いやです！　こんなところ！」

自分でも驚くくらいの大きな声が出た。そのくらい、一刻も早くこの場所から離れたかったのだ。

昨晩のことで身に沁みていた。今この瞬間は優しげな顔をしていたって、いつ豹変するかわかったものではない。そう思うと恐ろしくてたまらなかったが、あんなことをされた場所に居続ける苦痛が恐れに勝った。

「――分かった。私は外にいるから、着替えが済んだら出てきてくれ」

しかしカガンは、悲痛な面持ちで盥を床に、腕にかけていた着替えと手拭いを寝台に置いてユルタから出て行った。そのしおらしい様子がどうしてか癪に障った。

「いっ……つぅ――」

春とは言え、早朝はまだ冷える。だからなんだろう。上掛けを寝台へ戻して下着を脱ぐと、また波のように腹痛が押し寄せた。

エウドキアはしばらく腹を抱えてその場に蹲っていたものの、葛藤の末、涙を飲んで盥の中にしゃがみこんだ。

「うあああっ――……あ゛あっ」

その瞬間。あまりにも禍々しい光景がエウドキアの視界を覆い尽くし、眉間が石で叩かれたように痛んだ。ザハール＝カガンの残留思念だ。

エウドキアは頭に流れ込んできた映像から自分の痴態を見てしまった。髪を振り乱し、背中を淫靡に火照らせて、大きく勃起した性器を尻の穴で咥えながら淫らに腰をくねらせていた。

ただただ苦しかった、辛かっただけの行為であったはずなのに、まるで悦んでいるように見えた。

――いや。実際、快楽を感じてしまった瞬間もあったのだ。なので、どんなに悔しくどんなに忌まわしくとも、彼の目に映っていた光景は自分の真実の姿なのだろう。

悔しくて恥ずかしくて、頭がどうにかなりそうだった。だらしなく開いた口から漏れる吐息や嬌声は、彼の耳にはさぞかし悩ましく響いたに違いない。

温められて筋肉の弛緩したそこから噴き出したものが、湯の中にじわりじわりと広がっていった。あまりの情けなさにエウドキアは嗚咽し、堪えていた涙も溢れた。

けれど汚れた湯よりも自分の体の方がよほど汚いように思われて、エウドキアは内臓まで洗うような気持ちで中のものを掻き出せるだけ掻き出した。脂薬をいいだけ塗り込められてはいたが明らかに裂けていて、洗っている内にまた血が出て来た。

上澄みの比較的きれいな湯で手拭いを濡らし、もう一度体と髪を念入りに拭いてカガンの持って来た着替えを身に付けた。多島海風の寝巻きのワンピースだった。エウドキアが故郷から持って来たものだ。

ユルタの戸口から盥の湯を外へぶちまけたエウドキアを目の当たりにし、カガンはわざとらしいほど眉尻を下げていた。

「片付けなど……あとで誰かにやらせるというのに」

「いえ。——汚してしまいましたから」

目を合わせずにそう言ったエウドキアの肩に、カガンは自分の着ている上着をかけた。温かかったが悪寒がした。背中に伸し掛かっていた獣と同じ匂いがしたからだ。

エウドキアはその上着を払い落とし、その場に蹲った。まだ腹痛が治っていなかった。

カガンはそんなエウドキアを初めて出会った時のように抱き上げようとしたが、エウドキアに激しく拒まれてその手を引っ込めた。

「……私では、だめか」

カガンの問いかけに対し、エウドキアは無視を決め込むことを答えとした。少し考えれば分かるはずだ。あんなことをしたけだものに触れられて、平気なはずなどない。

「不快な思いをさせて申し訳ない。すぐに人を呼んでくる」

カガンはまるで自分が悲劇に見舞われでもしたかのような声音でそう言い残し、足早に城へ入っていった。ややすると厚手のガウンを抱えた侍女が二人エウドキアのもとへ駆けつけ、エウドキアを中庭の北側にある部屋へ戻してくれた。

居室にはウーラがいて、痛ましそうに「お辛かったでしょう」と言った彼女に背を摩ってもらうとほっとして今度こそ寝台から一歩も動けなくなった。少しして部屋にやってきたカガンはウーラに何か弁解しているようだったけれど、エウドキアはそれに構わず上掛けに潜り込んで耳を塞ぎ、いつしか眠りに落ちた。

そうして次に目を覚ますと、既に日が高く昇っていた。

天井にぎっしりと貼られた幾何学模様のタイルを見つめながら「この城を作った人物は、壁の余白に親でも殺されたんだろうか」などと考えていたら、視界にウーラがにゅっと現れ「お目覚めですか」と発した。

「さ、妃殿下。お待たせいたしました。お体を起こしましょう」

ワゴンに乳粥とティーセットを載せて戻って来たウーラは少し強引にエウドキアの上半

身を起こし、背中と寝台の間にクッションを詰め込んだ。

「診療所へ使いのものをやりましたから、じきエイベル先生がお出でになるでしょう」

「お気遣い、痛み入ります。……陛下はどちらへ？」

「バザールでございます。今頃はおそらく前夜祭のパレードか、音楽祭を見物されておいでの頃でしょう」

思った通り、いざ乳粥を前にすると空腹を意識せざるを得なくなった。

熱があって頭は痛いし吐き気もある。けれど、温かい乳粥を口にすればひとまず寒気だけは治まりそうだ。

「……いただきます」

そんな風に自分に言い訳をして、エウドキアは匙を握った。菓子のように甘い西域の乳粥と違い、カザックの乳粥は馬肉の出汁でしょっぱ旨い。

「おかわりも、たんとございますからね」

黙々と食べるエウドキアの様を眺めながら、ウーラは僅かに口角を上げてそう発した。

意地汚いと思われそうで、エウドキアは皿の半分ほどを腹に納めたところで匙を置いた。

「あの……ひとつ、お尋ねしてもよろしいでしょうか」

「なんなりと」

「もしかすると、私も陛下と共にナウルズの前夜祭に参加すべきだったのでは？」

ふと、そんなことが心配になった。伴侶としてあのカガンの横に立たねばならないというのは、やはり耐え難い恐怖ではある。しかし、連れ合いとしての務めはきちんとこなさなければならない。そんな思いは、不思議と潰えてはいなかった。

「そうですわね。しかし、そのお体ではとてもとても」

エウドキアの問いに、ウーラは短く答えた。

「そうですか。……では、カザックの皆さんは私のことを、とんだ悪妻が来たものだとお思いになるでしょうね」

「そういうことでしたらば心配はございません。昨晩は、妃殿下の悩ましいお声が隣のユルタまでしっかり届いておりましたもの。無垢で可憐なよい嫁をもらったと、今頃はバザールでも大評判になっていることでしょう」

「なっ、きっ、聞かれていたのですか⁉」

「そういうしきたりなのです。誰もが通る道でございます。年長者には若い夫婦が恙無(つつがな)く仕込みができているかを、しっかりと耳をそばだてて確認する義務がございます。初夜は新婦の声が大きく響けば響くほど、無垢で可憐な良い嫁だと褒めそやされるのです」

「仕込みって、そんなばかな！　この男腹に一体なにを仕込むというんです⁉」

あまりの辱め、あまりの羞恥に、腹の底がぐらぐら沸騰しているような心地を覚えた。火が出そうなほど顔が熱くなっているのは、決して発熱のせいばかりではない。エウドキアがぜいぜいと息を荒げて食ってかかると、ウーラは僅かに顔をしかめて「そうですわね」と口を開いた。

「理由は様々ございますが、ひとことで言えばやはり〈しきたり〉だからです。自分たちが耐え忍んで来たことを妃殿下が免れたとあっては、よその奥方たちはいい気がしないでしょう。不興を買って、後々ご苦労されるのは妃殿下でございますからね」

「そんな、ばかな……っ！」

あまりの暴論にエウドキアは眩暈を覚えた。やはりこの土地は粗野で下劣な辺境の地だ。自分は蛮族の国へ嫁いだのだ。こんな土地ではやはり、うまくやっていけるはずなどない。そんな実感が、最悪の形で湧いて来たのだった。

＊　＊　＊

義兄の処方した薬はよく効いて、ナウルズが明ける頃にはすっかり風邪から復調した。けれども復調したのはあくまで体の方だけであって、エウドキアの心は相変わらずカガンを拒み続けている。

「おはようエウドキア。風邪はもうすっかりいいようだな。昨晩はよく眠れたか？」

朝食の席でカガンは、対面のエウドキアにぎこちなくそんなことを尋ねてくる。

「はい。……おかげさまで」

エウドキアにはそう答えるのが精一杯で、目を合わせることすらできない。エウドキアのそんな態度にはカガンも悲しんでいるような困っているような様を見せているが、彼の顔を見ているとあの悍ましい晩のことが思い出されて体が竦んだ。

カガンとは寝室を分けていて、顔を合わせるのも朝食と夕食の席のみだ。幸いにしてその時間は、一日の中でそれほど大きな割合を占めない。なのでどうにか耐えられてはいるけれど、同時に、このままでいいはずがないというのも分かっている。

ウルジュスにおいての王妃は、即ち国家の後継者だ。城の中でただ着飾っていればいいわけでも、伴侶の横でただ微笑んでいればいいわけでもない。王であり夫である彼から国家運営の術を学び、携わっていかなければならない。そのためには、こんな風にいつまでもびくびくおどおどしているわけにはいかない。

分かってはいるが、やっぱりエウドキアはカガンが恐ろしい。何せ相手はどんなことが引き金になって豹変するか分からない、自分の言葉を翻すことを厭わない嘘つきだ。またいつどこで、どんな恐ろしいことをされるか分かったものではない。

「妃殿下、ウーラでございます。失礼いたしますよ」

朝食の後。書見台に地理書を広げていたら、ウーラと何人かの侍女たちが部屋に入って来た。侍女たちはひとり一つずつ、木の皮で編まれた行李を抱えている。

「妃殿下。陛下が、こちらを妃殿下にと」

「……またですか」

エウドキアが溜息をついて書見台から顔を上げると、ウーラも少し呆れたように肩を竦めて「そのようでございます」と答えた。

カガンはこうして、頻繁にエウドキアの部屋に贈り物を届けさせている。それは調度品から衣類から服飾品、絵画に彫像にと様々だが、なぜだか西域風のものばかりだ。今しがた侍女たちが抱えて来た行李の中身もやはり、西域で流行している胸元の開いた細身のドレスだった。

「こういう物は、やはり行商人が売りに来るのですか?」

「さようでございます。妃殿下が当方へお越しになってから、バザールでは多島海風の婦人服が人気のようでございますよ。駁者の女たちの間で、上品で洒落ていると評判が上がったからでしょう」

「そうですか。……景気の上昇に貢献できたようであれば、何よりなことです」

胸元へ大量の詰め物をしなければ着られないであろうそのドレスを一瞥し、エウドキアはすぐに行李へ蓋を被せた。すると侍女の内のひとり、一番若い娘が「恐れながら妃殿下」と前に出る。

「一着だけでも、お召しになってみませんか？　きっとお似合いになりますよ。陛下もお喜びになると思います」

「――そうですね。あとで袖を通してみます。それでは皆さん、ご苦労様でした」

エウドキアがそう言って微笑むと、ウーラは心得たとばかりに侍女たちへ指示を出し行李を部屋の物入れの奥へ仕舞わせた。「あとで」の時は永久に来ない。カガンを喜ばせることになるなら、絶対に着るわけにはいかない。

またいつこの身に危険が及ぶか分からない。

「妃殿下。少々よろしゅうございますか」

行李を物入れに仕舞ったあと。侍女たちをそれぞれの持ち場へ戻したウーラはひとりエウドキアの前へ腰を下ろした。

「ええ。構いませんが……何か？」

「お部屋の物入れがいっぱいでございます」

あるのだ。

「まさか！」

「その、まさかでございます。お疑いになるなら、ご自身の目でお確かめくださいませ」

ウーラにそう言われてエウドキアは立ち上がったが、にわかには信じ難い。なぜなら単に物入れと言っても、その広さといったらエウドキアがかつて暮らしていた離宮くらいはあるのだ。

「……信じられません」

と思わず口にしたものの、目の前の事実は変わらない。贈り物の中には大きな調度品や絵画もあったのでそれらが場所を取ってはいるが、確かにいっぱいだ。

エウドキアはその物量に眩暈を覚え、傍らの置物に手をついた。ネレイデスの神話に出てくる〈緑を愛した娘〉の彫像だ。確かに故郷の物には違いないが、ニュンペの始祖神ではない。詫びのつもりで送ってきているのだとしたら、あまりに雑な誤りだ。

「私には陛下のお考えが分かりません。こんな風に物だけ寄越されても困ります。一体なんのつもりで、こんな手当たり次第に西域の物ばかり……」

そう言ってエウドキアが首を傾げながら深く嘆息すると、ウーラは珍しくその顔に感情を滲ませて頷いた。彼女もまた、少し呆れているようだ。

「同感です。せめてお手紙を添えるなりして、きちんとお言葉にして頂きませんと。お考えやお気持ちなど、伝わりようがありません」

　カガンの不可解な行動に首を傾げるエウドキアの様子を認めると、ウーラは「ようございます」と言って頷いた。

「陛下にはわたくしから『言いたいことがあるならばはっきり言え』と、そうお伝えしておきます」

　その提案に、エウドキアはぎょっとして思わず声を裏返した。

「大丈夫です！　お気持ちだけ頂戴いたします！　そんなことを思っているなどと知られたら、また何をされるか……っ！」

「何をされるか？　陛下はそのお考えやお気持ちを、はっきりと妃殿下へお伝えになることでしょう」

　しかしウーラは、名案だとばかりにうんうんと頷いている。

「妃殿下も思い悩んでばかりいらっしゃらないで、思っていることをはっきり仰ったらいいんです。そうすれば、お互いに誤解が解けてすっきりするかもしれませんよ」

「そういうことではなくて……っ」

　エウドキアが言い淀んでいる間に、ウーラは「洗濯物を取り込んでこなくては」と言い残して部屋を出て行った。昼間にそんなことがあったので、夕食の席に着くのはひどく気が重かった。当然、食欲だって湧きやしない。

　食事はエウドキアの居室で摂るようになっている。どうやら中庭より北側がいわゆる後宮にあたるカガンの生活空間で、南側が執務のための枢機院(すうきいん)であるようだ。エウドキアがカザックへ到着してすぐに連れて行かれた浴室も後宮にあり、ほかにも城の家政を受け持つウーラのような従臣たちの仕事場や住まいも北側に集中している。

　食卓に上っているのは西域風の魚料理だった。ここのところ毎日そうだ。主菜はナマズの香草焼きで、焼き野菜が付いている。

　副菜にはパン粉と茹でた魚卵をヨーグルトで和(あ)えたものがあり、あとは主食の窯焼きパンといつもの紅茶だ。魚卵の和え物はネレイデスに似たような郷土食があるものの、どこでどう間違って伝わったのか、なんだかひどくゲテモノじみた様相を呈している。

「待たせてすまない。さっそく頂こうか」

　エウドキアが先に食卓へついて少し。大きな音を立てて扉を開けたカガンは大股で食卓へ歩み寄り、どすんと椅子に腰掛けると一度大きなくしゃみをした。

　動作がいちいち大きくて、現れるだけで騒がしい。エウドキアは呆れとも感心ともつかない感情を覚えたものの、どちらにせよその脅威(きょうい)には肩を縮こまらせながら黙っていることしかできない。

「――ふむ。今日の副菜は魚卵か？　ヨーグルトで和えているのか。初めて食べるな」

手を合わせてテングリへ祈ったカガンは、ちぎったパンで魚卵の和え物を掬い口へ運んだ。すると何やら難しい顔で慎重に咀嚼を繰り返し、塩入りミルクティーと一緒にそれを飲み下す。

「なるほど。……これは、西域でも同じようにして食べるのか？」

そして、怪訝な顔をしてエウドキアに尋ねた。

「いえ……私が食べたことのあるものだと魚卵は塩漬けで、ヨーグルトやパン粉ではなく潰した芋や刻んだタマネギと和えていました」

エウドキアが小さな声で答える。カガンはそれを身を乗り出して聞きながら「ほうほう」だの「なるほど」だのと相槌を打った。

「そうか……魚卵も塩漬けにするのだな。厨房官に伝えておこう」

カガンは頷きながらそう言って、皿に残っている和え物をパンで掬って平らげる。食指が動かなかったエウドキアは、そっと皿をカガンの方へ押しやってみた。カガンはそれも黙って平らげてくれたので、それについては助かった。

「今日は一日、何をしていた？　退屈はしなかったか？」

指についたヨーグルトを舐めながら、今度はそんなことを尋ねられる。

「……地理書を読み終えました。明日からは文学に手を付けるつもりです」

「そうか。それは実に頼もしい。他には何かなかったか？」

何か。と言ったカガンの瞳が刹那きらりと光って見えた。それで、物入れをいっぱいにしている贈り物のことを思い出す。ドレスの感想を期待しているのかもしれない。

「あの、今日は新しいドレスを……ありがとうございます」

「ああ。なんだそのことか。何やら西域では今、ああいうほっそりしたのが流行っているのだろう？　淡い色の上質なシルクで仕立ててあったので、そなたによく似合うだろうと思って――」

カガンはまるで、初恋の相手に花でも贈ったあとのように頬を紅潮させていた。少なくとも、何か含みがあってそれをしたようには見えない。

「――しかし、その……ウーラに聞いたんだが」

とカガンが名前を出したので、すぐ後ろに控えているウーラの顔をちらりと見てみた。しかし彼女は、エウドキアの視線には構わず澄ました顔で佇んだままでいる。

「あまり、好みに合わなかったか。私の選んだものは」

寸前まで少年のように顔を赤らめていたカガンは、その目を伏せて少し不安げに声を落とした。はい。と言うのは不興を買う気がするし、かといって、いいえ。と言うと嘘を吐くことになってしまう。

答えに詰まって、間をもたせるべくナマズの香草焼きを口へ運んだ。淡水魚の泥臭さと香草の辛味が混じった味がする。とてもじゃないが二口目には続かず、いくらも間はもたなかった。

「あー……では、聞き方を変えよう。何か欲しい物や、私にして欲しいことはないか？できる限り、意に添えるよう努力する」

だんまりを決め込んでいる様を見かねてか、カガンは再び身を乗り出してエウドキアに尋ねた。

「……特にありません」

エウドキアが皿の上のナマズを見つめたままそう答えると、カガンは明らかに落胆したような様子で「そうか……」と言って椅子に腰を戻したようだった。どうしてそんなに傷ついたような顔をするのか。全く理解できない。

ウーラは彼に何を伝えたんだろうか。言いたいことをはっきり言え。とそのまま伝えたにしては、真意が全く見えて来ない。

エウドキアにとってのカガンは、ただそこにいるだけで恐ろしい脅威の存在だ。身を守るためにはその顔色を窺い、静かにじっと息を殺し、彼にとって従順かつ無害であることに努めなければならない。そう思わされる対象だ。

だから、欲しいものやして欲しいことと言われても困る。欲しいものは安心で、して欲しいことは脅威でなくなってくれることだ。

けれど一体どうすればそんなことが叶うのかなんて分からないし、どう言えば伝わるのかも分からない。それに、伝わったところでそれも無視され期待を裏切られるのが関の山なのだ。だから怖い。

「陛下、あの――」

エウドキアが口を開くと、カガンはまた椅子から腰を浮かせて身を乗り出した。立ったり座ったり、忙しい人だ。

「――もし私に愛想が尽きていて邪魔だと感じておいでででしたら、もう、どこへなりとも捨てて頂いて構いません。ご随意にどうぞ」

そう言ったのはひとえに、いっそそうしてくれと思ったからだ。この貧弱な身には草原を一人で生き延びる術などないが、この先この王宮で生き続けたところで何かいいことがあるとも思えない。

身を乗り出したカガンは始め期待に瞳を輝かせていたものの、エウドキアの言葉にその目を曇らせて眉尻を下げた。

「なぜそんなことを言う？　なぜそう思った？」

「なぜって……どうやら私は、王妃にはふさわしくないようですから。陛下は私をこの国の人間と認めるおつもりがないから、西域の品物ばかりをあんなにたくさん部屋へ寄越すのでしょう？」

　エウドキアがその場しのぎで発した理由に、カガンの顔がみるみる内に曇っていった。けれどそこに浮かんだのは怒りや苛立ちというよりは、憐れみや戸惑いに近いもののように見える。

「公の場に私を連れて行かないのは、私のことが恥ずかしいからでしょう？　毎晩おかしな魚料理ばかりを出すのは、私にはそれが誂え向きだとお考えだからでしょう？」

　エウドキアが並べ立てた一つ一つにカガンは眉根を寄せ、腕を組み、首を傾げた。昼間のウーラよりももっとずっと困惑したような顔だ。

「……エウドキアよ、いいか。聞いてくれ」

　そしてカガンは眉間に皺を寄せ腕を組み首を傾げたまま、ゆっくりと噛んで含めるようにして言った。

「一から十まで、全てが誤解だ。私はひとえに、独りきりで故郷から遠く離れたこの地にやって来たそなたの、郷愁（きょうしゅう）が少しでも癒されればと思って――」

「まさか。そんなの信じられません」

「いいや。そのまさかだ。私はそなたを邪魔だと感じたことなど、ただの一度もない。

……どうか、信じてほしい。愛してるんだ」

　カガンは渋い顔のまま、テーブルに額をつける勢いで頭を垂れる。今度はエウドキアが眉根を寄せ首を傾げる番だった。

「信じられません。――いいえ。あなたの言葉を信じた私が間違っていました。どうせ始めからほんの気まぐれで、慰み者にするために私を連れて来たに決まっています。いくら私が世間知らずだと言ったって、自分の身の程くらいは弁えています！」

「身の程？　身の程だと⁉　誰かがそなたにそんなことを言ったのか⁉」

　突然顔を上げたカガンは、その目に恐らくはエウドキアと同じ類の感情を燃やしながら低い声を発した。そんなカガンの咆哮のような声でまたあの晩のことが頭をよぎり、体が竦んで息も詰まりそうになる。しかしエウドキアはそんな自分の臆病に鞭を打ち、大きく息を吸って言い返した。

「別に殊更誰かに言われなくたって、そのくらいのことは存じております。馬鹿にしないでください！」

　そう発してエウドキアがどん、とテーブルを叩くと、カガンはまるで絶望したように眉尻を下げ、頭を抱えて見せた。

「……一体何がそなたに、そのようなめちゃくちゃな誤解を与えてしまったのかが私には分からない。しかし、初夜のことを怒っているのなら何度でも謝る。本当にすまないことをした。申し訳ない」

そう言って、カガンはまた深く頭を下げる。

「怒っているのなら――ですって……？」

カガンの発したその言葉で、これまで腹の底でふつふつと煮え滾っていたものに初めて名前が付いた。そんな気がした。

相手のことが憎いような恨めしいような、よく分からないけれどとにかく何かが腹の底で内臓をぐつぐつと煮焦がすような感覚――エウドキアの〈怒り〉は、なぜか相手が済まなそうにすればするほど増幅していく。

「ああ。酒に酔っていたからだとか、不意に月の光を浴びて我を失ったとか、そんなことを言い訳にするつもりはない。謝って済むことではないのかもしれないが……それでも謝りたい。謝らせてほしい」

カガンは頭を上げないままでいる。相手がいいと言うまでそのままでいるつもりなんだろう。ここはエウドキアの寝室でもあるので、彼にそのままでいられると困る。なので結局それは、相手に許しの言葉を強要する実に卑劣な行いに思えてならない。

「……頭を上げてください」

エウドキアが不承不承そう言うと、カガンはゆっくりと頭を上げた。その目には一瞬だけ期待のような光が走ったものの、眉根の寄ったエウドキアの顔を認めるとその光はすぐに消えた。

「何も、謝って頂く必要などありません。立場上、あなたに頭を下げられてしまっては許すほかにありませんから。……そんなのまっぴらごめんです」

「……そうか。わかった」

カガンは何か言いたげにしていたものの、結局その一言に留めてカトラリーを置いた。

「ひとまず、西域の品を贈るのはやめにする。……その内に何か、して欲しいことや欲しい物が思い浮かんだら教えてくれ」

そしてやはりひどく傷ついたような顔で席を立ち、部屋を出て行った。その風情は充分に同情を引く姿なのであろうことは理屈で分かる。けれど、エウドキアの心には全く響かない。

それはきっと、エウドキア自身が既に散々傷ついて涙を流してきたからなのだ。そんな被害者じみた顔をして見せたって、私の方があなたよりずっと辛かったし怖かった。そんな思いがあるから同情できない。

「――妃殿下。妃殿下」

そんな自分の心について考えを巡らせていたら、視界を老女の痩せた手が横切った。

「ウーラ」

「お食事は、まだお召し上がりになりますか？」

「いえ……片付けてください」

「かしこまりました。……明日からは、陛下がなんとおっしゃろうとウルジュス料理にいたしましょう」

残飯を一瞥し、ウーラは憤懣遣る方なしといった様子で袖口をたくし上げワゴンに食器を下げ始める。

「……お互いに誤解が解けるどころか、なんだか余計にこじれてしまいましたね」

行儀が悪いかと思ったものの、なんだかどっと疲れた気がしてエウドキアは椅子の背もたれに体を預けた。

「あら。そうでもございませんよ。少なくとも、陛下は純粋に妃殿下を思って贈り物をされていたというのは、お分かりになりましたでしょう？」

「それは……そうですけど……」

それは確かにそうなんだろうが、それはそれでどうなんだ。という気もする。

自分のしでかしたことに対し、物でこちらの機嫌を取ろうとしたならそれはそれで随分な了見ではないか。その贈り物だって的外れだし、好意的に受け取れと言う方にも無理がある。

「それにしても、陛下は嫁心というものが全くお分かりでない。ウーラは恥ずかしゅうございます」

そう言いながら大きなため息を吐き、ウーラはチューリップ型のチャイグラスに新しく何も入れない紅茶を淹れなおしてエウドキアの前に置いた。

「嫁心？」

聞きなれない言葉に、思わず顔を上げた。ウーラはそんなエウドキアの顔を見て「さようでございます」と頷く。

「程度の差こそあれ、嫁というのは総じて立場の弱いものです。婚家では心細いこともあれば、理不尽なこともあるでしょう。しかし、頼る先は夫しかないのです。見初めて連れてきたと言うなら、徹頭徹尾（てっとうてつび）その不安や不満を取り除いて然るべきでしょう。だのにあのお方ときたら……」

思うところがあるのか、ウーラは当のエウドキアそっちのけで語気を荒げている。彼女は彼女で色々と苦労をしてきたのかもしれない。

「妃殿下も妃殿下です。ああいう時はピシャッと言ってやらないと！」

急にその矛先が自分へ向いたので、驚いてしまって紅茶で少しむせた。

「ぴ、ぴしゃっと……ですか。私が」

「さようでございます。大体『何か怒っていることがあるなら謝る』とは一体どういう了見ですか。こっちが怒っていなければ謝る必要はないとでも？　そんな形だけの謝罪に一体なんの意味があるというんです！」

過去によほど腹に据えかねたことがあったんだろう。ウーラは明らかにカガンではない相手への怒りを沸騰させている。そんな様をぽかんと見ていたら、やがて彼女は肩で息をしながら「血圧が……」と言ってよろよろとテーブルに手を着いた。

「わたくしとしたことが……申し訳ございません。取り乱してしまいました」

エウドキアは慌てて椅子にウーラを座らせ、自分は寝台のそばのスツールを持ってきて斜向かいに腰掛ける。

「構いませんよ。むしろ、お礼を言わせてください。ウーラは私のために怒ってくれたのでしょう？　ありがとうございます」

椅子を勧めた時に触れたウーラの肩は、見かけ以上に痩せていた。彼女の老いた体が気遣われる。あまり心配をかけるとよくないのかも知れない。

「私はただ、あの人のことが恐ろしいだけなんだと思っていました。でも、もしかしたら初めからずっと怒っていたのかも知れません。……あの日はすごく、酷い目に遭わされたから」

「心中お察しいたします。おいたわしいことです」

そう言ってウーラは深く頷き、エウドキアの背中を撫でてくれた。その手の温かさにエウドキアは、知らないはずの母親の温もりを感じた。

「でもあの人の何がそんなに気に入らなくて怒っているのかは、まだ分からないんです。それに、やっぱり怖いのも確か。陛下の仰っていることが信じられないし、信じていた時の自分も浅はかだったと思うから」

俯いたエウドキアの手を握り、ウーラは諭すように言った。

「ならばご存分に、怒り狂って当たり散らして、我儘を言っておやりなさい。その内にご自身の心のありようが分かれば儲けものです。どうせ受け容れてやらなけりゃならないんですから、そのくらいしたってバチは当たりません」

それもそうだな。と、エウドキアは腹を決めた。自分にはもうここよりほかに寄る辺はないのだ。結局は許すしかない。けれど許せるようになるためには、何が許せないのかをはっきりさせる必要がある。

「……ウーラ。ひとつ、したいことがあります。陛下に伝えてください」

エウドキアはその〈要望〉をウーラに打ち明けた。ウーラは一瞬だけ不可解そうに目を瞠ったものの、すぐにいつもの涼しい顔で「かしこまりました」と言って頷いた。

＊　＊　＊

前夜にウーラが言っていた通り、今朝からはウルジュスの伝統的な朝食が食卓に並んでいる。揚げパン、乾燥チーズ、塩入りミルクティー。以上。実に素朴である。

朝食のため部屋にやってきたカガンは、目を丸くした。なぜならエウドキアが、ネレイデスから持ってきた服でも物入れを満たしている多島海風ドレスでもなく、牧羊官と同じ男物のシャツとズボンを着て髪を後ろで一本に編み上げているからだ。

「エウドキア。その格好は……」

「作業服です。ウーラに出してもらいました」

エウドキアは、今日からここでも庭仕事をすることにした。中庭が荒れ放題なのがずっと気になっていたのだ。聞けばウルジュスには造園の習慣がなく、この城の庭も戦時下に荒れ果ててしまってからずっとそのままなのだという。

「かような姿で食卓に着くことをお許しください。朝食を摂ったら、すぐ中庭の片付けに取りかかりたいので」

エウドキアは意気込んで生成りのシャツの袖を捲りながら、心持ち大きな声で発した。面と向かってカガンと話をするのはやっぱり怖いのだけれど、縮み上がっているだけでは恐怖ばかりが膨れ上がり、自分の本当の気持ちがますます靄の中に隠れてしまう気がするのだ。

「ああ。聞いている。……何か私に手伝えることは――」

エウドキアが黙って睨みつけると、カガンは臆したように目を逸らし「なんでもない」と言って椅子に腰を下ろした。

「お気遣い痛み入ります。でも結構です。ひとりで考えたいことが山ほどあるので」

エウドキアもまたカガンから視線を背け、揚げパンを千切ってはたっぷりと蜂蜜を垂らして口へ運んだ。カガンが作らせた奇妙な西域風の魚料理よりも、ウルジュスの伝統食の方がよほど食が進む。

「そうか。……本当に済まなかった」

カガンはそう言って肩を落とすと、またしても深く頭を下げた。腹の底に生まれたむかつきが急成長し、エウドキアの顔を顰めさせる。

「痛い思いや怖い思いをさせてしまったこと、本当に心から申し訳なく思う。考え事も、いくらでも気の済むまでしてもらって構わない。けれどももしまだ何か、私にできることがあるなら――」

「……違う。違う！　そんな言葉はもうたくさんです‼」

事態の上澄みだけを掬うようなカガンの言葉にまた腹の底が突沸し、エウドキアは我を忘れて叫んだ。

故郷でしていたのと同じように庭仕事の手を動かしながら、物事を順序立ててきちんと考えてから話すつもりだった。なのにこのざまだ。始める前から自分で台無しにしてしまった。それが悔しくてたまらず、エウドキアはそのむしゃくしゃした気持ちに任せて結んでいた髪を解き頭を掻きむしる。

「違うというのは、一体どういう――」

髪を振り乱すエウドキアを前に、カガンもまた訳が分からないという顔で茫然自失としている。

「痛いのも怖いのも気持ち悪いのも嫌でしたよ！　今でも腹が立って仕方がなくて、どうにかなってしまいそうですよ！　でも違う！　そんなことじゃない！　そんなことじゃなくてもっと、こう、何か――」

　喉元までせり上がってきた言葉を掴めるような気がして、今度は思い切り胸を掻きむしった。しかし掴めなかった。あと少しのところで、その正体は煙のように消えていった。

「――やっぱり分かりません!!」

　カガンの困惑した顔に耐えかね、エウドキアは席を立った。背中に「エウドキア!」と自分を呼ぶカガンの声を浴びながら部屋を飛び出し、身を隠すようにして中庭の枯れ草の陰にしゃがみこんだ。

　自分で自分があんまりにも情けなくて、涙が止まらない。ひとりでいる時やウーラと話をしている時は、物事をきちんと順序立てて考えたり話したりすることができるのに、どうしてか彼の前ではそれがうまくいかない。

　初めの内、それは恐れのためなのだと思っていた。彼のことが怖くて体どころか頭の中まで竦んでしまって、うまく考えたり話したりできないのだと思っていた。

　けれど、どうもそれは〈恐れ〉というより〈怒り〉のためなのだというのが分かって来た。彼が平身低頭ですまなそうにしているのを見れば見るほど腹の底がぐつぐつ煮え滾って、ああして叫びだしてしまう。

　本当はそんなことをしたって苦しいだけなのも分かっているのに、自分で自分の感情に抑えが利かない。今はそれがとても恥ずかしくて、情けなくて辛い。

とは言え、予想や計画とはかけ離れてしまったものの言いたいことは言った気がする。というよりは、言いたかったこと以上の感情をぶちまけてしまった。何かが進展したとか解決したとかいうことは全くないものの、少しだけすっきりしたのは確かだ。

荒れ果てた中庭ではあるが、赤いケシの花がぽつりぽつりと咲いていた。繁殖力の強い花だ。放っておけば、いずれ一面真っ赤なケシ畑になることだろう。

しかし、やると決めたからには自然に任せてはおけない。エウドキアは髪を結い直し、草むしりに取り掛かった。気分が鬱屈(うっくつ)とした時はこれに限る。無心に草を抜いていると、不思議と気持ちが凪いでくるのだ。ネレイデスの離宮にいた時から、エウドキアはずっとそうして過ごして来た。

草を抜き蔦や朽ち木を片付けている内、次第に庭の全貌が見えてくる。オアシス都市に多いという十字式庭園だ。建築の本で読んだことがある。

この城の中庭はほぼ正方形で、タイルで十字路に区切られていた。中心には小さな溜池があり、中に台座のようなものが設えられている。かつてはここに彫像か何か置かれていたのかもしれない。

池の周りは丸く広場のようになっていて、これもタイル敷きだ。残りが花壇のようで、今はケシが咲いている。

エウドキアは男物の作業着、特に麻のズボンと革のブーツがあまりにも動きやすいので感動した。ネレイデスの王宮には女物の衣服しかなかったが、今となってはドレスの長い裾をたくし上げながら素足で土いじりをしていたのが馬鹿らしく思える。

今朝一番、作業着姿の自分を見た時のカガンのぎょっとした顔を思い出した。やっぱりドレスの方がいいんだろう。当たり前のことだ。そもそも彼は見合いのためにネレイデスへ来たのだから、本当は女性の妃が欲しかったはずだ。

私が男物の服を着ているのを見て、我に返ったんだろうか。そう思うと〈怒り〉とはまた違った、悔しいような腹立たしいような、とにかくむかむかした気持ちになった。

初めは独りで黙々と作業にあたっていたものの、見兼ねたウーラが侍女を何人か手伝いに寄越してくれた。エウドキアよりずっと腕力があって背も高い彼女らのおかげで、ひとりでは手も足も出なかった太い木の根も抜くことができた。

「皆さんありがとうございます。おかげで随分捗りました」

エウドキアがそう言って頭を下げると、庭を手伝ってくれた侍女達は一様に「滅相もございません」とみな恐縮しながらもカラリと笑った。

「私たちも、このお庭のことは気になっていたんです。でも一体どこから手を付けたらいいものか分からなくて」

と答えたのは、エウドキアにドレスを勧めた侍女だ。名をクリといって、カガンが伴侶を迎えるにあたり新たに城へ召し上げられた新米の侍女なのだという。

「やっぱり陛下のお見初めになった方だけありますね。お可愛らしいだけでなくお勉強にも熱心で、お花にまで明るくていらっしゃるだなんて。とっても素敵」

クリはそう言って微笑みながら、頭の上に付いた枯れ草をそっと払ってくれた。そんな風に屈託無く微笑むことのできる彼女の方が、臆病で依怙地で天邪鬼な自分なんかよりよほど「とっても素敵」に思える。

庭仕事には連日代わる代わる侍女たちが手を貸してくれた。みな体が丈夫で働き者であるのはもちろんのこと、緑の黒髪が美しい娘や、象牙色の肌が美しい娘。話の面白い娘や歌の上手い娘など、後宮には様々に美しく様々に魅力的な女性たちがたくさんいることがよく分かった。

思い返してみれば、馭者の女達だってみなそうだった。馬車酔いに臥せってばかりでろくに感謝を伝えられなかったことが、今更ながらに悔やまれる。

そんな次第でカザックには、素敵な女性が大勢いる。だのにカガンは一体何が不満でわざわざ自分なんかを連れてきたのか。やはり全く意味がわからない。

「おはようエウドキア。庭造りの首尾はどうだ？」

妻の珍しい格好に始めこそ大いに戸惑っていたカガンであったが、数日もすると慣れたようだ。今ではすっかり以前の調子を取り戻している。

「……お陰様で」

短くそうとだけ答え、エウドキアはぷいっと顔を中庭へ背けた。天気がいいので戸は開けてある。ちょうど前日に床のタイルを磨き終え、砂と泥の下から美しいモザイク画を発掘したところだ。中庭は息を吹き返しつつあった。

けだものなんかに庭園の美など分かるまい！　とは思うものの、庭仕事を手伝ってくれる侍女たちのついでにならまあ、見せてやらないこともない。

「すごいな……あんなに見事なモザイク画の床だったのか。初めて見た」

「ご自身のお城のことなのに、ご存知なかったんですか？」

「ああ。知らなかった。――そなたのお陰で、この庭はどんどん見違えていくな」

エウドキアが呆れたように聞き返してもカガンはどこ吹く風で、穏やかな微笑みを浮かべながらしばらく中庭を眺めていた。

春風を受け朝陽に照らされるその横顔は、叙事詩に描かれる英雄の姿よりもっと美しいもののように見える。少なくとも、人の体を欲望のままに貪る野獣のそれとはかけ離れている。そんな顔をされると、この男のことを〈嘘つきのけだもの〉と誹る気が削がれてしまうのでやめて頂きたい。

胸の中に、二人の自分がいる。一方のエウドキアは「そろそろいいんじゃないのか？　彼も自分のしたことを反省しているようだし」と言い、もう一方のエウドキアは「いいや全く我慢ならん。これしきのことで埋め合わせとされてたまるものか」と言う。

自分でも、一体全体どちらが本当の自分なのかが全く分からない。もしかしたら、どちらも〈本当の自分〉などではないのかもしれない。とも思う。

なのでエウドキアは、今日も一応「私、怒ってますからね！」という顔をしてカガンの対面に座っているのだった。ほかにどんな顔をして彼の前に出ればいいのか分からないというのもある。

「――そうだ、エウドキア。今日は来客の予定があるんだが、この部屋へ通しても構わないだろうか」

そうしてエウドキアが怒った顔をしたまま食卓の揚げパンを三つ平らげた頃。カガンは意を決したようにそう切り出した。

「お客様ですか？　構いませんけど……何時頃おいでになるんです？　こんな格好ではお出迎えできませんから、支度の時間を取らなければ」

来客の対応ということは、即ち公務だ。披露宴を除けば王妃としての初公務ということになる。あまりに突然なので面食らったが、思わず居住まいを正した。

「いやなに、そう気負うことはないさ。来るのは再従兄の連れ合いだ」

頭の中の引き出しから披露宴の記憶を引っ張り出す。彼とは挨拶を交わしただけだが、印象は強烈だった。

右の瞳が琥珀色、左の瞳が瑠璃色をした嫋やかな人物だった。歳は自分と同じか少し下くらいな気がする。大きな黒いスカーフと長衣で全身を被って目だけを出したような格好だったので、見かけからはよく分からなかったけれど。

「確か踊り子をしていたという――ジャミーレ殿。といいましたか」

「ああ、そうだ。ほんの一言挨拶を交わしただけではなかったか？　よく覚えていたな」

「印象に残っていたので……お一人でいらっしゃるのですか？　再従兄殿は？」

「ああ。ウルマスは治水工事の視察のため私と水源へ向かうので、ここへはジャミーレがひとりで来る。庭造りの様子が見たいんだそうだ。なのでそなたさえ嫌でなければ、そのままで構わないんだが――」

カガンはまた、エウドキアの機嫌を窺うように語尾を濁らせた。泥のついた作業着で来客を迎えるのもどうかと思うが、カガンがいいと言うのならいいんだろう。

「……分かりました。ではウーラ、お茶の支度をお願いします」

エウドキアが後ろに控えている彼女へ頼むと、カガンは安堵も露わに「仲良くしてやってくれ」と言って眉尻を下げた。

＊　＊　＊

太陽が南中に昇って少しした頃。ジャミーレはまるで狙ったように昼食とぴったり同じタイミングで城に現れた。

「やあやあ新年明けましておめでとう！　披露宴以来だね。元気してた？」

彼は頭から胸までを被っていたスカーフを外し、刺繍の入った黒い長衣を翻しながらエウドキアに歩み寄ってきた。

「あ、明けましておめでとうございますジャミーレ妃殿下。ご機嫌よう……」

ジャミーレは時候の挨拶を述べながら、瞬きの間にエウドキアの肩を抱き寄せて頬ずりをした。南部ではこれが正式な挨拶らしいが、どうも身構えてしまう。それは彼が蠱惑的な瞳と黒くてさらさらの髪を持つ美しい少年であったこととも、無関係ではないのかもしれないけれど。

「堅いなあ。ジェイでいいよ。……っていうかなにそのカッコ。もういびられてんの？」

ジャミーレ改めジェイは、気遣わしげにエウドキアのシャツの袖をつまんだ。

「……庭仕事をするにはこの格好が動きやすくていいんです」

「あ、そうなんだ？　好きで着てるんなら別にいいんだけど……」

怪訝な顔をされた。やはり着替えた方がよかったのだ。カガンの言葉を真に受け、着替えずにいたのが間違いだった。

せっかくだから中庭で昼飯にしよう。というジェイの提案に乗り、磨いたばかりのタイルの上へクロスを敷いて二人でピラフを食べた。ちょうど頭の真上から差して来る春の日差しはぽかぽかと暖かいけれど、少し眩しい。

「なんか、思ったよりすごい大工事したんだね」

長衣の前を開けてクロスの上にあぐらをかいたジェイは、ピラフの皿を抱えたまま感心したようにあたりを見回している。

「年明け前は完全に廃墟だったのにさ。これ全部エドひとりでやったの？」

「まさか！　侍女の皆さんにかなり助けて頂きました。――エド？」

「そっか。そうだよね。――いやだって、エウドキアってながいし言いづらいんだもん。いいじゃんエドで。ダメ？」

彼が小首を傾げると、耳飾りが揺れて鈴のような音がした。彼は長衣の下にたくさんのアクセサリーと、目が覚めるような色の派手な服を着ている。

「……構いませんけど」

「やった！　ありがとっ。エド！　おれ友達っていないからさー。なんか嬉しいなっ」

含みを持った光り方をする琥珀と瑠璃の瞳といい、微妙に舌ったらずな口ぶりや甘い声といい、彼には〈傾城〉という言葉がよく似合う。

カガンの男嫁という立場こそ同じではあるものの、類稀な美貌と才能に溢れる彼に比べると、自分は実も花もない人間だと身に沁みる。彼のような天賦の才に恵まれた人物はきっと誰にだって愛されて、どこでだって上手くやれるんだろう。素直に羨ましい。

「ってかさ。花壇、なに植えんの？　やっぱこの辺だとチューリップ？」

そんなエウドキアの気鬱など知る由もなく、ジェイは土を起こしただけの花壇を無邪気に覗き込んでいる。

「そうですね。秋になって球根が手に入れば……でもひとまずはバラの苗と、春蒔き一年草の種をいくつか」

「なるほどねー。あーでも、先になんか背ェ高い木入れない？　それかあずま屋。直射日光キツいよここ。焼けちゃう」

ジェイは空にしたピラフの皿をクロスの上へ置き、眩しそうに目を細めながら頭上を一瞥してスカーフを被った。

「確かに、何か日差しを遮るものがあったらいいかもしれませんね。背の高い木を植えるならアーモンドかな……それか、ブカンヴィリアの苗がネレイデスから無事に届けばいいんですが」

「ぶかんびりゃー？　なにそれ」

スカーフの中で、色の違う二つの宝石がぱちくりと瞬いた。子どもの頃に読んだおとぎ話の中に、こんな可愛らしい使い魔が出てきたような気がする。

「私の故郷にある木です。そこまで背の高い木ではありませんが、葡萄のようにツルが伸びるので屋根が作れます。お花の周りに濃いピンク色の葉がたくさんついて、とっても綺麗なんですよ」

「ふうん。葉っぱがキレーなんだ。変わってんね。ぶかんびりゃーって」

新しく植える草花は、基本的には土地の物をと考えている。けれど一つだけ、カガンを困らせてやりたくて「ブカンヴィリアの苗が欲しい」と我儘を言った。

ブカンヴィリアは多島海地域を始めとした温帯地域に咲く花で、寒さと環境の変化には弱いが乾燥には強い。

温度管理に失敗すると花がつかず棘だらけになってしまうけれど、逆に温度管理さえしっかり行えばこの庭でも充分育てられるはずだ。もちろんそれも、苗木が無事にカザックまで辿り着ければの話だが。

頼みはしたが、望みは薄いのではないかと思っている。けれどそれだけに、もしブカンヴィリアの苗がこの庭にやって来れたなら——彼が鉢をここまで運んでくれたなら——カガンのことを許せるような気がした。

「故郷では、庭でずっとブカンヴィリアを育てていたんです。だからなんだか、無性に恋しくなってしまって」

「へー。じゃあ、嫁入り道具？　って感じだ。いいねそういうの。憧れる。おれにはなかったからなあ。そういうの」

ジェイはしみじみとそう発し、遠くを見る目で青空を見上げた。

「戦争でぜーんぶ燃えたもん。まあ命まで取られなかっただけ儲けもんっつーか、死ぬこと以外かすり傷って感じだけど」

それを聞いて、エウドキアはつい先ほど持ってしまった自分の卑しい羨望を深く恥じ入った。どうしてこうも自分本位な考え方しかできないのかと、自己嫌悪に陥る。

「なんだよその顔。そんな風に見えないって？」

「……すみません」

「ははは！　ありがとっ。おれって幸せそうでしょ？」

そう言ってジェイは屈託無く笑い、大の字になって寝転んだ。

「エドは？　幸せ？　旦那とうまくやってる？」

「いえ……あんまり」

「そっかあ。そうだよねえ」

そう言ったきり、ジェイは顔をスカーフで隠して黙った。会話が続かないことにエウドキアは気まずさを感じていたものの、ジェイは全く気にしていないようで大の字になったまま動かない。

「ほんとはさ」

「え？」

寝てるのかな。と思った矢先に小さな声で発せられたので、咄嗟に聞き返す。

「……ほんとはね。庭じゃなくて、エドを見に来たんだよ」

スカーフを外して言い直したジェイの声が照れ臭そうで、悪いと思いつつも少し笑ってしまった。

「私を？　どうして」

「笑うなよ。——披露宴のあと、すごい声だったから。……怖かったろうなって思って。みんな気にしてなかったけど、おれにはそう聞こえた」

人の口からあの時のことを聞き、上がっていた口角がすっと下がって真一文字になるのが分かった。ジェイはエウドキアの顔を見て、痛ましそうに眉根を寄せる。

「……天窓の布さ。あれ、ナジーブ爺さんとこのくそばばあが孫に取りに行かせたんだ。伝統がどうのしきたりがどうの言ってたけど、自分と同じ苦労をエドにもさせなきゃ気が済まなかったんだろうな。とんだくそばばあだよ」

ジェイはまるで自分が酷い目にあったみたいに吐き捨てた。あんなに屈託なく笑っていた顔が、今は鬼のように歪んでいる。

「ザハールの旦那はずっと、天窓は開けないって言ってたんだぜ。エドのこと、守りたかったんだよ。……でも、そんなこと言わなきゃよかったのかもな。とりあえず年寄りどもの言うこと聞いといて、黙って後から塞げばよかったんだ。そういうとこだよ。あの人の不器用なとこは」

ジェイは呆れ果てたようにそう言ってため息をつく。確かに彼の言う通り、彼にはそういうところがありそうだ。嘘を吐いたり、適当に何かを誤魔化したりはできない不器用な男なんだろう。だからきっと、あんな風にこちらが飽き飽きするほど馬鹿正直に同じ言葉で謝り続けるのだ。

「……もし、今の話が本当なんだとしたら」

「うん？　うん」

「陛下はどうしてそのことを言わないんでしょう」

「そりゃあさ、言えないでしょうよ」

エウドキアの疑問に、ジェイは当たり前のことだというような調子で答える。

「だって旦那がどういうつもりでいたんだとしても結局めちゃくちゃ乱暴にヤっちゃってんだもん。第一ほんとに本気で月明かりを浴びたくなかったなら、そもそもユルタ使うなって話だろ。せっかく立派なお城持ってんだからさ」

「確かに……」

「だろ？　やってることが半端なんだよ。……まあ、立場上って言うの？　年寄りどもは旦那を『遊牧生活を捨てたならず者』って思ってる節があるらしいし、昔ながらの習慣とかをちゃんとこなしてるとこ見せとくに越したことないってのは分かるけどさ」

ジェイはそこで一旦言葉を切って肩を竦めると、今度は心なしかカガンを擁護するような口ぶりで続けた。

「……だから、最大限いいように考えればさ。少なくとも、旦那は自分のしたことについて言い訳するつもりはないってことだよね。まあそもそもやらかすなって話ではあるし、庇いようは全然ないんだけど」

　彼の言葉は辛辣だ。けれどエウドキアはそんな彼の言葉に、手放しでは頷くことができない。

「……オズベクの方達にとって、満月の光はそんなに抗い難いものなのでしょうか」

　エウドキアがそう呟くと、ジェイは腕を組んで「そうだなあ」と唸ってから、気まずそうに答えた。

「無理なんじゃないかなあ。おれが知らないだけで、もしかしたら平気でいられる人もいるのかも知れないけど」

「そうですか……」

　だとするなら、あの日のことについては自分にも責任の一端があるような気がして怖くなった。心臓がぎゅうっと痛み、思わずシャツの胸のあたりを掴む。

「エド？　大丈夫？　なんか、青い顔してるけど……誰か呼んで来ようか」

　ジェイはそんなエウドキアの顔を覗き込んで、少し焦ったような早口で言った。

「いいえ。……ごめんなさい。大丈夫です」

「そう？　なら、いいんだけど。……あのさ。違ったら違ったでいいんだけど、これだけは言わせて。――もし自分にも悪いところがあったかもしれないとか思ってるなら、全然そんなことないからな！　エドはなんにも悪くない。絶対にだ」

まるで人の心を見透かしたかのような言葉に、エウドキアは息を飲んで目を瞠った。

「そんな……どうして……」

「どうして分かるのかって？」

引き攣った呼吸を繰り返しながら頷くと、ジェイは少し得意げに、けれど苦笑いを浮かべながら答える。

「別に全然、大したことじゃない。……おれは自分が誰かにしてほしかったことを、後輩のエドにしてるだけだ。単なる自己満足だよ」

そう言ってジェイは照れ臭そうに頬をかいて見せる。けれどエウドキアは、あの日からずっと心に刺さっていた棘を抜いてもらったような気がして目に涙が滲んだ。

あの時、カガンはエウドキアに隣のユルタへ避難するようきちんと忠告したのだ。それなのに、月の光を甘く見て彼に近付いたのは自分だった。

自業自得だと言われても仕方がない。自分でもそう思う。けれど人にそう言われたら耐えられないと思っていたから、ずっと黙っていた。でもそれもずっと苦しかった。

「……ありがとうございます。本当に、ずっと――誰かにそう言ってもらいたかった」

「どういたしまして。でも分かるよ。自分で自分を責め続けるって、キツいもんな。言い返せないもん」

　ジェイはそう言って、慰めるようにエウドキアの肩に腕を回した。生成りのシャツ越しに感じる彼の掌は、降り注ぐ春の日差しと同じくらい温かい。

　野蛮なしきたりに巻き込まれ、とんだ蛮族の国へ来てしまったと思っていた。けれど幸い出会いには恵まれたようだ。自分の代わりに怒ってくれる母のようなウーラや、心の行き先を導いてくれる兄のようなジェイに出会えた。

「エウドキア妃殿下。ジャミール妃殿下。ご歓談中失礼いたします。お茶の支度をいたしましたので、そろそろお部屋へお戻りくださいませ」

　そんなことをぼんやり考えていたら、部屋の中からウーラの声がした。と同時に枢機院の方から見慣れない民族衣装の男たちが、大きな荷物を抱えて中庭へ向かってくるのに気付く。

「ありがとうございますウーラ。ところであの方達は？」

　ウーラは眉根を寄せて枢機院の方に目を凝らすと、やがて合点したように「ああ、はいはい」と頷く。

「カガン陛下のお呼びになった、極東の品を扱う商人たちですわね。お庭に何か日差しを遮る物があった方がいいだろうと仰って、何日か前に大きな傘とベンチを手配されておりましたから」

ウーラの口から出てきた物が中庭にあるのをうまく想像できず、エウドキアは眉を寄せて首を捻る。するとすぐ横から、いつの間にかスカーフを身に付けて再び黒い塊と化したジェイの「おーっ」という声がして、エウドキアもまた中庭を見た。

「あれ、ウルマスの読んでた本に絵が載ってた！　極東の人がピクニックでお茶会する時に使うやつだよ。よかったじゃん。フツーのあずま屋よりなんかシャレてる！」

まだ水の張られていない池の手前に、カガンが両腕を広げたよりももっと大きそうな、背の高い真っ赤な傘が立てられている。その下にこれまた真っ赤な無地の布がかけられた長いベンチが置かれ、なるほど異国情緒に溢れ〈シャレてる〉雰囲気だ。

確かにちょうど、日差しを遮るものがあったらいいな。と思っていたところだ。そう思っていた矢先にカガンから送られたものなので、喜んで然るべきだ。

しかしまた天邪鬼が出てしまっているのかなんなのか、素直に喜べない。嬉しい気持ちと悔しい気持ちがないまぜになって、胸がざわざわどきどきする。

「……まあ、傘なら邪魔になった時すぐに片付けられそうですしね」

そんな言葉しか出てこなかったのは、やっぱり依怙地な性格のせいなんだろう。けれど頭に過った彼の顔は、穏やかな微笑みを浮かべて中庭を眺めている時のそれだった。

＊　＊　＊

カガンは近頃、外での公務に忙しいようだ。夕食に遅れてきたりそもそも外へ出たまま帰って来なかったりすることが多くなってきた。

顔を合わせることのない日は物足りなさを感じないでもないけれど、緊張せずのびのび過ごせるので何よりなことだなあ。とエウドキアはついついウーラにこぼしてしまった。

「……妃殿下。そうしたご発言はさすがに、陛下の前ではお控えくださいましね」

するとウーラは窘めるような口ぶりでそう言って、エウドキアのチャイグラスに塩入りミルクティーを注いだ。

「あっ！　なんで！」

「そろそろ慣れてくださらないと。いつまでもお客人気分では困ります」

ウルジュスの料理は幸いどれも美味しく頂けるエウドキアではあるが、塩入りミルクティーだけは未だに受け付けないのだ。

「わたくしも、斯様(かよう)なことは申し上げたくないんですけども。陛下がお忙しくされてらっしゃるのは――」

「私がずっと城に篭って土いじりばかりしているからでしょう？　分かってますよそのくらい」

紅茶の渋みと乳の風味と塩味が、口の中で渾然一体となり味覚を襲う。しかしエウドキアの顔を顰めさせたのは、何もそのミルクティーの味ばかりではない。

春分の間際にこの地へ嫁いできたが、暦の上では夏が立った今でもエウドキアは公務に携わるどころか城から出ることさえ許されていない。つまり本来なら夫婦で分担しているはずの仕事を、今は彼が一人でこなしているのだ。なのでこんな風に、食事の時間をゆっくり取れないようなこともある。

とは言えエウドキアも、ネレイデスにいた時と同じような晴耕雨読の生活を送っているばかりではない。ウーラに付いて回って城の中の仕事を教えてもらったり、城の前庭で乗馬の練習をしたりして少しずつこの国での生活に体を慣らしている。

もちろん中庭の管理だって怠らない。低木で囲った花壇に今はバラやイトハユリ、ジギタリスやゼラニウムが咲いている。カガンが手配してくれた極東の赤い傘とベンチは少し場所を動かして、アーモンドの木のそばに置いた。

溜池の中の台座はよく調べてみると噴水で、今は毎日さらさらと水を噴き上げている。

その噴水の縁には間を空けて寄せ植えの鉢を並べてみた。自分で言うのもなんだけれど、いい庭になってきていると思う。あとは、ブカンヴィリアを待つばかりだ。

「……あれ。陛下は？　まだいらっしゃっておられないのですか？」

まだ慣れない乳搾りに手こずって朝食に少し遅刻をしてしまったのだけれど、部屋にカガンの姿はなかった。

「水源でそのままお泊りになられたようです。お昼にはお帰りになると思いますよ」

そう言ってウーラは、今朝もチャイグラスに塩入りミルクティーをなみなみと注ぐ。

「そうですか。外泊——火遊びというわけですね。結構なことです」

「妃殿下。今のお言葉は少々、聞き捨てなりませんね」

ウーラは狼が唸るような恐ろしい声で言う。エウドキアは思わず身を竦め、それから言い訳がましく口を尖らせた。

「そ、そんな怖い声を出さなくても……だってよそのウルスのカガンはみなさん、女性も男性も割合多くの側室や愛人を囲われているのでしょう？」

「よそはよそ。陛下は陛下でございます。今のお言葉が陛下のお耳に入ったら、どれほどお嘆きになることか……」

そう言ってウーラは大きく息を吐き、ワゴンの上へポットを戻した。彼女は最近、やけに向こうの肩を持つ。

しかし、何もエウドキアだって本気でカガンが火遊びに励んでいると思っているわけではない。聞くところによると草原では今、地下水路の延伸(えんしん)工事が急ぎで進められているとのことだ。

というのも、間もなく嵐が来るらしい。その嵐では気温は上がるが雨は降らず、立っていられないほどの激しい熱風が吹き、何百里と東の砂漠で巻き上げられた砂がカザックの空をも暗く覆うという。

朝食を一人でさっと済ませたあと。エウドキアはウーラを先に奥へ下がらせてから中庭へ降りた。気温は既にかなり高く、すぐに汗が出てくる。

毎年この季節になるとやってくる嵐は、その熱風によって一晩で植物を枯らすこともあると聞いた。鉢植えはもう中に入れてあるが、花壇は諦めるしかないのかもしれない。折れないように支柱を立てて補強はしたが、自然が相手ではどうすることもできない。

城の中庭はそれでいいが、これが草原だと大変だ。干ばつは家畜の、そして、人の命を左右する。カガンは恐らく、誰よりもよくそれを知っているはずだ。なので水路の延伸を急いでいるのだろう。

エウドキアは花壇へ水を撒いたあと、噴水へ両腕を浸し掌へ意識を集中させた。今朝早くに地下水路から引いた水なので、運が良ければ水源にいるカガンの残留思念が見られるかも知れない。

目を閉じ、掌から水を吸いあげるようなつもりで深呼吸をする。

次第に瞼の裏が、明るくなってきて、はじめに中庭の景色が浮かび、景色はそこから時間が逆流していくように刻々と変化し、水源までやってきた。人の記憶が時間とともに薄れて朧げになっていくのと同じように、ここまでくると見える光景もだいぶ不鮮明だ。

しかしエウドキアは、その白くて粗い紗を隔てて見ているような光景の中に一瞬だけカガンの姿を見つけた。具体的には何をしているのか分からないけれど、カガンは何か図面のようなものを広げて眉間に皺を寄せている。少し眠たそうな、疲れた顔だ。

無理もない。まだ夜明け前なのだ。この時の彼にとって、今の時間が新しくやってきた朝なのか長く続いている夜なのかは分からないけれど。

こうしてエウドキアは、たびたび噴水を通してカガンの様子を伺っていた。今朝のように外での働きぶりが見られるようなことは稀で、大体は気まぐれにこの場所を訪れた彼の何気ない姿が垣間見られるだけだ。しかし、それでもエウドキアは自分の知らない間の彼のことが気になって仕方がなかった。

その結果、分かったことがある。恐らく気まぐれなどではなく、カガンはこの庭の花たちをよく気にかけ、深夜や早朝に水を撒いたり草を抜いたりしている。蕾がひとつ開くごとに目を細めて、花と同じように顔を綻ばせている。

エウドキアはカガンが悪い人間でないのを知っている。働き者で頭が良くて、大雑把に見えるが細かいところにもよく気がつく。

周囲の人をよく尊敬し、常に感謝を忘れない。新しいもの好きで異国かぶれ。しかし自分たちの伝統文化もこよなく愛している。効率重視で合理主義。いつも自分のことは二の次で、人のことばかり考えている。

彼のそういう人柄を知ってしまったから、今は尚更悲しい。

あの時天窓の布が取られたのは、彼には全く関わりのない悪意からのことだ。不可抗力だった。それは分かる。分かってはいるが、だからと言って、そんな理由で許せるほど、傷は浅くない。

だから悲しいし、苦しい。エウドキアだって本当はもう、この痛みを手放したいのだ。それなのに、体にこびりついた恐れや痛みや怒りがエウドキアを捉えて離さない。

エウドキアはウーラの待つ部屋へ入る前に厨房へ顔を出し、イチジクをいくつかもらって中庭へ戻った。袋ごと噴水に浮かべておけば、カガンが帰ってくる頃にはちょうど食べごろに冷えているはずだ。

そう思っていたのに、夜になってもカガンは帰ってこなかった。

「失礼いたします妃殿下。ウーラでございます。使いの者が戻って参りました」

寝支度を整えたエウドキアが「開いています」と応えると、ウーラは早足でちょこちょこやって来て少し心配そうな声色で言う。

「陛下はカリムを伴って、水源地からまっすぐ草原へ向かわれたそうです」

「そうですか。では、今夜もお帰りにならないでしょうね。……ところでウーラ、こんな時間ですがイチジクを食べませんか」

「はあ。イチジク？　で、ございますか？」

藪から棒になんなんだ。といった顔でウーラは目を眇める。

「ええ。陛下はお昼には一度戻ると聞いていたので噴水で冷やしていたのですが、そのままにしてしまっているのを今思い出しました」

「まあ！　妃殿下が、陛下にイチジクを！」

怪訝に自分を見ていたウーラの顔がぱっと綻んだのを見て、エウドキアは自分がいかに迂闊なことを口走ったのかを思い知る。

「べ、別に……気まぐれに少し、労う気になっただけのことです。陛下は毎日寝る間も惜しんで、草原の人たちのために水路を作られているのでしょう？」

「まあまあ。さようでございましたか。陛下がそれをお聞きになったら、きっととってもお喜びになりますよ」

一体何がそんなに嬉しいのか、ウーラは珍しく満面の笑みを浮かべてそう言った。

「どうでしょうね。人のことを城へ閉じ込めたっきり外へ出ずっぱりなんですから、そろそろご自分が結婚されたこともお忘れになってるんじゃないですか？」

「そんなわけないじゃございませんか。陛下ったら毎日毎日、口を開けば妃殿下のことばかりなんですから」

それについては「そうなんだろうな」と思う。客観的に見れば、ザハール＝カガンは誠実な男だ。エウドキアが怖がったり依怙地な態度を取れば取るほど、思い悩んでそのことばかり考えてしまうに違いない。

結局ウーラには「いくら妃殿下のお誘いでも、そんな有難いイチジクを頂くことはできません」とふられてしまった。なので、イチジクはまだ噴水の水を浴びている。

さてどうしようか。と素足のまま噴水の縁に腰掛けてイチジクをつついていたら、枢機院の方がにわかに騒がしくなった。カガンが帰って来たのかもしれない。

そう思って、エウドキアが部屋に入ろうと立ち上がったその瞬間。吹き飛びそうなほどの勢いで扉が開き、エウドキアの姿を認めたカガンはぱっと顔を綻ばせた。

「起きていたのか！　ちょうどよかっ――」

「陛下……それは……っ」

エウドキアも中庭へ飛び込んできたカガンの姿を認め、そして声が震えるのを抑えられずに発した。

喜色満面のカガンは、両腕に一つずつプカンヴィリアの鉢を抱えている。

「ああ。もとより急がせてはいたんだが、居ても立ってもいられずちょっとそこまで引き取りに行って来た。本当はもっとあったはずなんだが、すまない。この二つしか――」

「どうしてそんなことのために!?」

腹の底から叫んだ。カガンはその顔をみるみる内にひどく悲しげな表情に塗り替えて、その場に鉢を置いた。

「――本当にすまない。何が『どうして』なのか、教えてもらえないか」

「だって、そんな、花ひとつのためにわざわざ遠くまで……もっと、もっとあなたには必要なことがあるでしょう!?」

「ああ。そうか。……そうだな。確かに、一国の主として最優先すべきなのは今は治水工事か。さすが――」

「違う……違います！　休まないと死んじゃうでしょう!?」

と怒鳴り散らしてから、全く怒鳴り散らすようなことでもなければ自分はその立場にもないことに気付き、エウドキアは慌てて目を泳がせた。

ブカンヴィリアを届けてくれたら、彼を許すつもりでいた。なのにまた、このざまだ。どうしてかいつも上手くいかない。何よりも先に感謝と喜びを伝えなければいけなかったはずなのに、またどうでもいいことで喚き散らしてしまった。

「ああいや、その……ごめんなさい。別に、怒っているわけではなくて——」

「いや、とてもそうは見えないが……しかし、今日は何が『違う』のかが分かっていてよかった。そなたが正体不明の苦しみに苛まれているところを見るのは、堪えるからな」

そう言ってカガンは苦笑いを浮かべ、鉢を置いて空いた両腕でエウドキアを抱き締めようと歩み寄って来た。しかしエウドキアがそれにたじろぎ後ずさりをしたので、黙って腕を下ろす。

「……怖がらせてすまない。その、決してそういうつもりでは」

「わ、分かってます！　でもっ」

彼の手が近づいてくると、どうしても怖くて体が竦む。そればかりは怒りでも他の何かでもなく、一点の曇りもない純然たる恐怖なのだ。

「や、やっぱり……怖いです。また、あれをされたらって思うと——」

顔を上げることができない。肩が縮こまって言葉がつっかえる。けれどその俯いた視界の端に、艶やかなピンク色の葉が揺れている。

星明かりを浴び、遠い異国の風に吹かれるブカンヴィリアの若い蔓。その健気な姿が、彼の誠意や人柄そのもののように見えた。そうであったらどんなにいいかと思った。けれどその確信が持てないので苦しい。裏切られるのが怖い。

彼を信じきれないことがあまりに悲しく思われて、エウドキアは再び噴水の縁に座り込んで頭を抱えた。一体どうして。どうしてこんなことに。何度も自分にかけてきたそんな言葉を、相手にも同じように投げかける。

「不可抗力だったのは分かります。でも、やっぱりどうしても許せない。――どうしてあんなことをしたんですか？　人の尊厳を圧し折って、ただ欲望のままをぶつけるのがあなたの思う〈愛〉ですか⁉」

「それは違う！」

力強くそう発したカガンの上着とブカンヴィリアの蔦が、乾いた熱風で翻った。

「……しかし、自分のしでかしたことに言い訳はできない。だからエウドキア。そなたも私を許さなくていい。ただ……ただ――」

カガンはもう一度静かにエウドキアへ歩み寄り、その前へ跪いた。

「――私がそなたを愛することにだけはどうか、目を瞑ってもらえないか」

そして恭しくエウドキアの右足を手に取り、口付けをする。その優しく柔らかで、かつ官能的な感触によって、様々な想いがエウドキアの脳裡をよぎる。

「……いやです」

エウドキアは、かつてほんの一瞬だけ、自分がとても幸せだったことを思い出した。

「目を瞑っているなんて嫌です。優しくしてくれるって……幸せにしてくれるって言ったじゃないですか！　なのに、なんで……何度もそれを嘘にしないで……」

顔を上げたカガンはエウドキアの泣き顔を見ると、これ以上はないというくらいに悲痛な面持ちで頬に触れた。

「……また泣かせてしまったな。どうしたらいいんだろう。何が悲しい？」

「幸せが、一瞬で消えてしまったことです」

口に出すと、ますます悲しくなって次から次に涙が溢れ続ける。

「愛してるって……初めて人からそんな風に言ってもらって、嬉しかった。幸せでした。でも、一瞬で消えてなくなってしまった。どうして？」

泣きぐずってそう吐露したエウドキアを、カガンは黙って胸の中に抱き竦めた。強張った体と呼吸はしかし、心音を聞かされる内に解けていく。

「愛している。私にはそなただけだエウドキア。消えてなんかいないんだ。嫌だと言われても消せやしない――もし叶うならもう一度……もう一度初めから、やり直させてくれないか。もう間違えない。今度は本当に、大切にするから」

その言葉が真実であればいい。そう願う気持ちは一度目よりもはるかに切実だった。

「もう二度と、ご自分の言葉を翻さないと誓ってください。二度目はきっと、私は耐えられない――」

エウドキアの言葉尻を、目を開けていられないくらいの強い風が攫っていった。中庭を淡く照らしていた細い月が瞬きの間に朧を帯び、あたりは朦々とした砂塵に包まれる。

「……危ない。黄砂だ！」

カガンはエウドキアに自分の上着を頭から被せると部屋の戸口まで抱えていって、自分は中庭へ取って返す。ブカンヴィリアの鉢を抱えて舞い戻ったカガンは、部屋じゅうのダスタルハンやタペストリーを抱えて再び中庭へ降りていった。

「陛下！　待って!!」

乾いた熱風の嵐は一晩で草木を枯らすこともあり、そのためオズベクには造園の習慣がないのだという。だから、花壇に植えた木や花は諦めるしかないと思っていた。しかしカガンはきっと、そんな庭を救うために今飛び出していった。

エウドキアは慌てて寝間着の上にカガンの上着を羽織り、革のブーツへ足を突っ込んで彼を追った。

戸を開けた途端びしびしと砂塵に顔を叩かれる。熱風に全身を煽られ、体は今にも宙に舞いそうだ。それでもエウドキアは必死に目を瞠り、砂塵の中に彼の姿を探す。

「何をしている！　中に入っていろ！　じき礫が降ってくるぞ‼」

カガンは噴水に浸したダスタルハンを花壇に被せ、端を割いて支柱に結びつけていた。なるほどそうすると、風除けと水分の確保になる。

「だったらますます、じっとなんかしていられません！」

エウドキアもそれに慣ってカガンが噴水の中に投げ込んだクロスを引っ張り出し、まだ自分の胸くらいの高さのアーモンドの木にそれをかける。

「なぜだ⁉　そこまで私は当てにならないか⁉」

「違う！　違います‼　だってここは私の庭です！　あなたが水を撒いてくれた、草を抜いてくれた、花が咲くのを喜んでくれた大切な私の庭です！」

吹き荒ぶ砂嵐に負けじと叫んだ。カガンは自分の耳を疑っているのか、ひどく訝しんだ顔でいる。

「どうしてそれを――危ないっ！」

呆然としているカガンに構わず噴水の中のタペストリーに手を伸ばしたものの、強風に足を取られた。頭から水の中へ落ちそうになるのを、寸でのところで腰を抱えられてこと無きを得る。

「そら見たことか！　気をつけろ‼」

「こんな浅い噴水、落ちたってどうということはありません。そんなことより向こうの花壇を頼みます！　早く‼」

エウドキアは胸に抱えたタペストリーをカガンに押し付け、自分もまた別の花壇へタペストリーを運んだ。そして彼の見様見真似でその端を裂き、補強のために立てた支柱に結んで屋根を作る。

朧げな月明かりだけが頼りの視界では、自分の手元すらよく見えない。砂粒が目に入って痛いのに、乾ききった風のせいで涙も出ない。

けれどもエウドキアは心の中では、カガンが口にした言葉を何度も繰り返しては嬉し涙を流していた。

もう一度、初めから。

それが叶うなら、こんなに幸せなことはない。

怒りも恐れも恨みも忘れて、もう一度、初めから。

それなら今度は依怙地をやめて、もう一度彼を信じてみよう。エウドキアはそう心に決めて、支柱にクロスを固く結んだ。

＊　＊　＊

嵐は朝には多少落ち着き、養生の甲斐あって花壇も最小限の被害で済んだ。それ自体は喜ぶべきことではある。しかし、目を覚まして始めに聞いたのが伴侶の寝息ではなくウーラの怒声であったことについては、詰めが甘かったと言わざるを得ない。

黄砂と噴水の水で汚れた寝間着は、起きた時にもまだ少し濡れていた。それどころか寝台も床も、挙げ句の果てにはテーブルの上まで、エウドキアの部屋は砂と水が混ざった泥でどこもかしこもざらざらしていて、それがウーラの逆鱗(げきりん)に触れたのだ。

「ご夫妻揃って仲良くお庭の養生、大変よろしゅうございます。しかしこうまでお部屋を汚す必要がどこにあるんです」

身支度もそこそこに、二人揃ってこってり油を絞られた。その上「朝食は掃除の後です」と宣告されてしまったので、カガンもエウドキアもずっと腹の虫を鳴かせたまま床の雑巾掛けをしている。

一国の王と王妃が自ら後宮の床の雑巾掛け。ウルスの王というのは、ずいぶんと位が低いもののようだ。――いや。おそらくカザックだけだろう。

「……陛下、陛下。少々こちらへ」

エウドキアはウーラが監視を緩めて部屋を離れた隙をつき、カガンを呼び出した。

「なんだ？　我が妻よ……イチジクじゃないか！」

「ええ。昨夜噴水で冷やしていたまま忘れていたのを、さっき引き上げてきたんです」

「ありがたい！　腹が減って死にそうだったんだ」

そう言ってカガンは舌なめずりをして、ベルトに挿さっている革のケースからナイフを抜いた。そして瞬きの間に皮を剥いて二つに割り、大きい方をエウドキアにくれる。

「いけません！　私は結構ですから、陛下が召し上がってください！　元はと言えばそのために冷やしていたのに……」

「そう言うな。私はそなたと、なんでも分け合いたいんだ。だめか？」

そんな風に言われてしまうと、だめとは言えない。エウドキアは結局「だめじゃないですけど……」ともごもご言いながらイチジクをかじった。その様を見届けてから、カガンもまた満足げにイチジクに口をつける。

「しかし……そうか。私のためにイチジクを……どういう風の吹き回しだ？」

「冷やかさないでください！　私がへそを曲げていたせいで陛下には負担をかけてしまっているし、おまけに以前から熱心にお庭の世話までして頂いて、居た堪れなくて……」

「なんだ。そんなことなら気にする必要はないさ。こうして側に居てくれるだけで、私には過ぎた幸運なんだ」

　そう言ってカガンはニコニコしているが、エウドキアはやはり自分の行いを深く恥じ入った。一体どこでこんな依怙地をこじらせたのだろう。

「――そうだ。ところで、その……私が庭を気にかけていたことは、誰かに聞いたのか？　そなたが知ると気分が良くないだろうと思って、城のものには黙っているよう言い含めていたのだが……これが庭仕事のことでなく国家機密であったらそうもいかない。もし口の軽い者がいたのだとすれば、念のためその名を教えて欲しい」

　なんだかえらいことになっていた。自分が勝手に水から残留思念を読み取って覗き見のようなことをしたばかりに、カガンに余計な心配をさせてしまったようだ。

「……陛下。ご安心ください。この城には、禁を破って秘密を漏らそうとする不届き者は一人もおりません」

「では、一体どうして――」

「水です。水が教えてくれました」

エウドキアがそう答えると、カガンは首を捻りながら「水？」と繰り返す。無理もない。自分自身ですらこの力を、正確にはなんと説明したらいいのか分からないのだ。

「水に触れると、その場にいた人の考えていたことが分かるんです。一体なんのためにあるのか分からない、名状しがたい妙な力なんですけど」

その説明を首を捻りながら聞いていたカガンは、やがて合点したように「そうか」と一つ膝を打った。

「西域に住む妖精族の中には、超能力を持つ者も多いと聞いたことがあるが――そうか。噴水が、私のしていたことを全てそなたに伝えていたということか？　あの場所で私のしていたことなど、そなたには全て筒抜けだったというわけだ」

「筒抜けとまでは申しませんが、まあ、大体……」

「すごいな！　まるで千里眼だ！」

打ち明けたら気持ち悪がられてしまうのではないかと少し不安だった。けれどカガンはそんなエウドキアの頭を撫で、満面の笑みを向けてくれる。

そんな風に自分の力を褒めてもらったのも、エウドキアにとっては生まれて初めてのことだった。嬉しくて思わず笑ってしまうくらい、ときめきに胸が踊った。

三、

「うぅ……ね、眠い……」

まだ夜も明けきらぬ昏い朝。鐘の音で目を覚ましたエウドキアは唸りながら一度体を起こしたものの、目に映った毛皮の誘惑に抗えずそこへ顔を埋めた。

隣のカガンは未だ熟睡中だが、夢うつつで尾を丸めてエウドキアの顔を撫でた。そうして夏毛と冬毛の入り混じったつやつやもふもふの感触を堪能していると、あと百数える間だけこのまま……という甘えが首をもたげてくる。

紆余曲折あって嵐の夜に関係を修復したあと。カガンは食事だけでなく睡眠もエウドキアの居室で摂るようになった。つまりは一つの寝台に二人で眠っているが、ザハール＝カガンは紳士的な男なので今の所は添い寝以上のことには至っていない。

ほっとしたような寂しいような、複雑な心境だ。しかしあれだけ大騒ぎをして拒み続けたのだから、今更「寂しい」と言うのはどう考えても虫が良すぎる。なので、今度はきっと自分の方が彼に〈安心〉してもらえるように努めなければならないんだろう。

エウドキアはカガンのしっぽをひとしきり堪能すると、顔じゅうに抜け毛をつけて寝台を降りた。名残惜しさは尽きないが仕事がある。今朝も今朝とて、朝から忙しいのだ。

ウルジュスの言葉では、王宮のことを〈オルド〉という。と言ってもこれは建造物を指す言葉ではなく、カガンの私的な生活空間はユルタであれ石造りの城であれ、その場所が〈オルド〉と呼ばれるようだ。

そしてこの〈オルド〉の管理と家政機関の指揮を執ることこそが〈オルド長〉たる王妃の一番重要な仕事であると、エウドキアは〈オルド長代行〉のウーラに教わった。

つまり彼女は単なるエウドキアの世話役ではなく、異国から嫁いできた王妃が恙無くその仕事をこなせるようになるまでの代理兼教官であったというわけだ。

王妃の朝は早い。夜明け前に身支度を整え、まずは後宮に設けられた各部署の長たちと申し送りの朝礼を行う。それが終わった頃には夜が明けてカガンが起きてくるので、朝食の席で後宮の状況を報告する。

「おはよう美しい我が妻よ。今日の装いはまたよく似合っているじゃないか。そなたの蜜色の髪をよく引き立てるいい色だ」

エウドキアの着ているウルジュスの伝統的な刺繍入りの上着を見て、カガンは満足げな笑みを浮かべながらそんな軽口を叩いた。

「過分なお言葉痛み入ります。ところでそのお城の修繕ですが——」

照れ臭くてつい流してしまうものの、カガンが毎朝そうして褒めてくれるので毎日うきうきした気持ちで過ごすことができる。

しかしよく見ていると、彼は立場を問わずどんな相手にもそうして機嫌よく敬意を持って接することを是としているようだ。なのでもしかすると、自分だけが特別ということではないのかもしれない。

けれどそれはそれで素晴らしいことであって、エウドキアは彼のそうしたところを尊敬している。だからその内に、髪が美しいとか服がよく似合うということばかりではなく、働きぶりだとか心持ちの部分を褒めてもらえるようになりたいと思う。

オルドの管理が王妃の仕事とは言え、実際に手を動かすのは各部署の従臣たちだ。そのためエウドキアの仕事は、彼らから決裁を求められた時に様子を見に行ったり、書類に一筆認めたりするのみにとどまる。

ではその他の時間は何をしているかと言えば、ここのところはひたすら乗馬の練習だ。夏場の繁忙期にはカガンともども草原の宿営地で羊や馬を追わなければならないし、何より夏至には草原で盛大なお祭りが催される。披露宴より更に多くの親戚が顔を付き合わせる機会だということなので、ひとりで馬にも乗れないようでは何かとまずいのだ。

「エウドキア！　準備はいいか？」

「は、はい！　ただいま……うわわっ⁉」

「焦るな焦るな。ラヴァーンは賢い馬だ。間違ってもそなたを振り落としたりしないさ」

今まさに鞍から落ちそうになったエウドキアが鬣（たてがみ）にしがみつくと、愛馬ラヴァーンは人をせせら笑うように短く嘶（いなな）いた。カガンに賜ったこの白馬には、どうにもまだ下に見られている気がしてならない。

乗馬の練習と領内の視察がてら、カガンはしばしば遠乗りに連れ出してくれた。と言っても行き先はバザールや水源地などで、それほど城から離れた場所ではない。しかし故郷でもカザックでも長く城に篭りきりだったエウドキアにとっては、どんな景色も新鮮で刺激的だ。

「……妃殿下。私の背中に、何か付いていますか？」

自分とカガンの間で道中の護衛に入っている親衛隊長のカリムは、少し居心地が悪そうにエウドキアを見た。まっすぐ前を見ていたはずの彼が不意に振り返ったので、それだけのことでエウドキアはぐらぐらと体を揺らしてしまう。

「ああ。いえ、ごめんなさい。鞍上の姿勢が良くていらっしゃるので、ついつい見入ってしまいました」

「左様でございましたか。お褒めに預かり光栄です。私はてっきり、比翼連理であらせられるお二人の間に入っているのでお叱りを頂戴するのかと」

「ははは……いやあ……まさかそんな……」

カリムは真顔でそんなことを言うので、笑ってもいいのかきちんと「いいやそれは違う」と返事をした方がいいのか迷ってしまう。

「カリム！　あまり妻をからかってくれるな。お前の冗談は分かりにくいんだ」

先頭のカガンもまた後ろを振り向き、牽制するような口ぶりでカリムを窘めた。どうやら冗談の方だったらしい。確かに分かりにくい。

「失礼致しました。……慣れないことはするものではありませんね」

「ああ、そうだ。場を和ませようという心遣いには感謝するが、人には適材適所というものがある。冗談と軽口は私の専売特許だ。なあエウドキア！」

「えっ⁉　わっ、陛下！　こ、困ります！」

急に話を振られたのにまた驚いて、今度は手綱を落としそうになった。

「そうですよ陛下。弁舌爽やかなのは結構ですが、妃殿下も『冗談は休み休みにして頂かなければ困る』と仰っておられます」

「そんなこと言ってません！」

「失礼。冗談です。分かりにくくて申し訳ない」

カリムが涼しい顔でとんでもないことを言うので、思わず叫んでしまった。カガンは手を叩いて大笑いしているが、カリムの方こそ冗談は休み休みにしてほしい。

しかし、こうして冗談を交わしてもらえる程度にはカリムに嫌われていないのであれば何よりだ。眼前にある彼の凛とした背中をちらちらと窺いつつ、エウドキアは安堵に胸を撫で下ろした。

カザック・ウルスの親衛隊長にしてザハール＝カガンの側近であるカリムは、後宮以外の場所では常にカガンと行動を共にしている。それだけに、かつての自分の依怙地や我儘で相当振り回してしまったはずなのだ。居た堪れないにもほどがある。

「――ああ。目的地が見えてきたな。予定よりかなり早く着いたんじゃないか？　腕を上げたな。エウドキア！」

悶々と考え事をしながら道の先を眺めていたら、目線の手前でカガンが振り向く気配がした。言われてから改めて目を凝らしてみると、エウドキアの目にもかろうじて葡萄棚らしき影が見て取れた。

ザハール＝カガンが最も力を入れている事業は治水工事だが、二番目に注力している事業は意外にも農業、特に果樹の栽培だ。というのも、干ばつや疫病で家畜を失い牧畜の廃業を余儀なくされた元遊牧民たちの多くが、今はこうして水路の袂に定住し果樹園を営んでいるのだそうだ。

「ザハール＝カガン陛下、エウドキア妃殿下、本日はお暑い中、ようこそおいで下さいました！　心より歓迎申し上げます」

ウーラよりも少し若いくらいの果樹園の夫妻は、五体を投げ出さんばかりの勢いで頭を低くして出迎えてくれた。あまりに熱烈な歓迎なので、カガンですら少したじろいでいるほどだ。

「ああいや。こちらこそ、心のこもった歓迎に感謝の言葉もない。——そんなことより、先日の嵐は大事なかったか？　今年は砂の量が例年より多かったからな。差し支えなければ畑の様子を見せてほしい」

カガンがそう言って夫妻の頭を上げさせると、彼らもカガンの格式よりも合理性を重んじる性格を承知してか、すぐに畑へ通してくれた。

果樹園では葡萄のほか、あんずやザクロの木が実を付けている。やはり黄砂と激しい熱風で多少の被害が出たようだが、主人によれば「水路から灌漑（かんがい）用水が安定して供給されているのが幸いして、大事には至らなかった」ということだった。

「見事なものですね。こんなに立派な葡萄棚、生まれて初めて見ました」

エウドキアの頭の上には、まだ緑色の葡萄がたわわな実りをつけている。それをあんぐり口を開けて見上げていると、カガンにそこへ小さな粒を放り込まれた。

「――あ、甘い！」

「この果樹園で作っている干し葡萄だ。美味いだろう？」

「はい！　うわあ、すごいです！　生の葡萄よりずっと甘く感じます！」

弾力の強い干し葡萄は、エウドキアが今までに食べたどんな葡萄よりも味が濃くて甘かった。それに、乾いているのに不思議と瑞々しい。

「この乾いた大地の限られた水源でも、うまく回せば街も草原も、こんな風に広大な葡萄棚だって潤すことができるんだ。この果樹園の恵みは、一族の伝統を捨てたならず者王である私が誇れる、数少ない仕事の内の一つだ」

そう言ってカガンは胸を張りながら、けれど少しだけ自身を嘲るように笑う。彼にそんな笑い方をさせる過去に胸を締め付けられ、エウドキアは何も言えなくなる。

こうしてカガンと共に馬を駆り、カザックの領――彼らは〈縄張り〉という、狼らしい言葉を使う――とされる様々な場所を巡っている内、徐々に分かってきたことがある。

それは土地に染み付いた戦乱の記憶であったり災害の爪痕であったり色々だが、それを一言にまとめるとこうなる。ザハール＝カガンは〈草原の人柱〉だ。

ザハール＝カガンがこの地を治めるより前。この地に根を下ろしていたのは、狗鷲の血を持つ〈ブルキト〉という人禽種であったという。草原の道でエウドキアの乗った馬車を襲った、あの野盗たちの種族だ。

彼らの国は狩猟と畑作、そして交易によって糧を得て、豊かなオアシス文化を築いた。しかし悪政が蔓延ると共にオアシスの水利を独占し、やがて草原を干ばつと疫病が襲う。それでも狗鷲の民は水利を解放しなかった。正しくは、水利に膨大な税をかけた。

疫病の治療には水が必要で、水を得るためには現金が必要で、現金を得るために多くの遊牧民が家畜を手放した。それでも人は死に、家畜も死に、生き残った者も職にあぶれ食い扶持を失い、男も女も武器を手に軍馬を駆ることを選んだ。

そしてブルキトの王国は、ひとりの勇猛果敢（ゆうもうかかん）な若きオズベクの王とその軍勢の手に落ちることとなる。それは、ザハール＝カガンが今より少しだけ若かった頃の武勇伝だ。

彼のおかげで草原には再び水が行き渡り、医学の道を行った彼の兄の奮闘もあり疫病は駆逐された。

しかしそんな彼もまた、草原での自由な生活を追われ墳墓のような石の城に縛り付けられた、戦争の被害者と言えるのではないだろうか。エウドキアには、今の草原の平和はザハール＝カガンという人柱の上に成り立っているように思えて仕方がないのだ。

「――やあ。誰かと思えば。狭いところで申し訳ないね」

果樹園からの帰路の途中、診療所を訪れたエウドキアを出迎えた義兄のエイベルはそう言って肩を竦めて見せた。

「とんでもない。こちらこそ、突然お伺いして申し訳ありません」

「なに、構わないさ。有難いことに最近えらく暇なんだ」

「有難い……ですか」

「そうさ。医者なんか暇な方がいいに決まってる。無病息災が一番だろう？」

そう言って義兄は愉快そうに笑い、エウドキアに診察用の丸椅子を勧める。兄弟そろって軽口が達者だが、兄のそれは弟に比べて少しだけ高尚で皮肉っぽい。彼らは双子だけあって見かけは似ているものの、性格はほとんど正反対と言ってもいい気がする。

「今日はひとり？　弟は？」

「陛下はお城に戻られましたが、カリム殿が外で待ってくれています」

「へえ、そう。……入ってくればいいのに」

そうは言うが、診療所は間口が狭くて奥に長いナマズの巣穴だ。おまけに物で溢れているので、いくらエウドキアが小柄といっても大人の男が三人も入るとぎゅうぎゅう詰めになってしまう。

「……まあいいや。それで、今日はどういう風の吹き回しだい？　どこか体に悪いところがあって来たというんじゃないんだろう？」

そう言って義兄は、カガンによく似た双眸でエウドキアを見ながら紅茶を淹れた。ミルクも塩も入っていない素の紅茶だ。かえってほっとする。

「はい。あの……陛下が独立された時のお話を、お伺いしてみたくて」

「なんだ。そんなこと？　本人に聞けばいいじゃないか」

「義兄上の目から見た陛下のことがお伺いしたかったんです。いけませんか？」

「いけないことはないが。……ところできみ、本当にザハールの好きそうな顔をしているなあ。さぞかし猫可愛がりされていることだろう」

「ええと、その……お、お陰様で」

不意にまじまじと顔を覗き込まれてそんなことを言われ、照れ臭くて思わず目を逸らしてしまう。猫可愛がり。というのも、あながち間違いではない。

「……そう言う義兄上はお顔立ちもそうですが、弁舌爽やかなところなどは特に陛下と瓜二つでございますね」

「おや。口ぶりはウーラから伝染したか？　長く一緒にいると、不思議と似てくるものだしな」

のらりくらりと話題を躱される。いけないことはないが。と言いつつ、本当は気が進まないんだろう。理由は分からないけれど。

「……私は出来のいい王妃ではないので、陛下のお役に立てていないのが歯痒いのです。私は彼のことが知りたい」

「そんなの、きみの目に映ることが全てだと思うがね。違うかい？」

「だとしたら私の目には何も映ってはいないのです。彼の孤独が、悲しみが……そういうものが」

「ないんじゃないかな。能天気な男だよ。あれは」

「それが義兄上の目に映る弟君の姿である。と？」

義兄が自分を見ている目がどこか、野草か何かを品定めする時のそれであるように感じられた。

この草は食えるのか食えないのか。食うと美味いのか不味いのか。何かの役に立つのか何の役にも立たないのか――なまじ造形がカガンに似ているので、彼に見定められているような緊張感が背中に走る。

「……ところで話は変わるが」

義兄は一度視線を外し、エウドキアが持ってきた干し葡萄の房に手を伸ばした。

「きみは、ウルスのカガンは普通どの局面で結婚するかを知っているかね」

「どの局面で――ですか？」

本当に話が全く変わってしまったので、驚いて思わず聞き返してしまった。眉を寄せているエウドキアに対し、義兄はただ「ああ。そうだ」と言って頷くばかりだった。

普通。というからには、何か決め手があるんだろう。そして、ザハール＝カガンはそれに当てはまらない結婚をしたに違いない。

「無学で申し訳ありません。決まった時期があるのですか？」

「ああ。あるとも。……答えは、成人すると同時にだ。つまりウルスは普通、初めから夫婦が揃っているものなんだ。それでいくとあいつはばかみたいに晩婚ってわけだ。なぜだと思う？」

ずっと眉根を寄せているエウドキアの顔を見て、義兄は愉快そうに「想像してみたまえ」と言って脚を組んだ。

言われた通りに想像してみる。草原に疫病が蔓延したのは、彼らが成人する直前のことだったと聞いた。そして彼らの父王が病没したあと、兄エイベルは医者として疫病の駆逐に奔走し、弟ザハールは王を名乗り捨て身の軍勢とともに蹶起（けっき）した。

「――彼は、自分が生き残ると思っていなかった？」

「ご明察。……恐らくはね」

義兄は、愚弟をして「仕方のないやつだ」とでも言うように口角の片側だけを上げてまた肩を竦めた。

「言っておくが、俺たちは決してもてなかったわけじゃない。むしろ草原じゃ引く手数多だったさ。特にあいつなんか、豪放磊落(ごうほうらいらく)に見えて細かいことによく気がつくしな」

「……分かります。さぞかし多くの浮名を流されてきたことでしょう」

そのことを考えると胸が苦しくなる。今でこそ愛妻家でいてくれる彼だが、聞くところによればかつては「多少の火遊びはされておいで」だったのだ。

そんな引く手数多の英雄を、自分なんかが独り占めしている。それについての負い目はあれど、どこの誰とも知れぬ娘が自分の知らない彼を知っていると思うと、怒りとはまた違う悪感情が腹の底でめらめらと燃え上がる感じがする。

「陛下は頭脳明敏で、あの通り眉目秀麗でいらっしゃるし、いつもご自分のことを後回しにして民草のことばかり考えておられて……」

「待て待て。……ぞっこんじゃないか」

「いけませんか」

「いや——実に結構なことだが、それは俺にでなく本人に直接言ってやれ」

義兄が笑いを堪えながら言うので我に返り、熱弁を振るうあまり知らず識らずの内に浮かしかけていた腰を丸椅子へ戻した。

「し、失礼しました。私は一体、何を言っているのか……」

「恋の病がなかなかに重篤のようだな。……話を戻そう」

そう言って義兄はひとつ咳払いをすると、椅子の上でカガンと同じ長い脚を組み替えながら再び口を開いた。

「とにかくあれは、オアシスへ攻め込むにあたり敵と刺し違える覚悟であったことは想像に容易い。となると、嫁をもらったところですぐやもめにしてしまう。あの情深い男が、それをよしとすると思うか？」

「陛下のお考えになりそうなことです。……そうか。それでウーラがずっと〈代行〉を」

「そら。分かってきたじゃないか」

義兄はまたにやりと片方だけ口角を上げて笑い、干し葡萄を摘む。

「しかしあいつには、昔からどうにもそそっかしいところがある。だから自分の兄弟が稀代の名医であることなんかすっかり忘れていたし、自分が死んだ後のことには抜かりなかったが、生き残った後のことなんか何一つ考えちゃいなかったのさ」

まるで笑い話のように義兄は言うが、エウドキアの心は痛みを訴えて仕方がなかった。

瞼の裏に彼の裸体が浮かぶ。無数の切り傷に火傷の痕、縫合の跡。どこもかしこもこの有様だと言っていた。生きていることが奇跡のようにも思える。

「……おいたわしいことです。陛下のことを何も知らなかった」

知らなかったというか、今をもってしても何かを知れたような気がしない。壮絶な死線を潜り抜けてなお、彼は一体どんな思いで「まだまだ、これからだ」などと言ったのだろう。もう充分じゃないかとエウドキアは思う。

「そうだな。死ぬことよりも、生きることの方が何万倍も困難さ。食って行かなきゃならんし、食わせて行かなきゃならん。……そんな男が何を求めて、一体どんな思いできみという伴侶を連れてきたのか。そこのところをきみは少し考えてみた方がいい」

それまでの持って回ったような言い回しから打って変わって端的に、そして、こちらを品定めするような目ではなく窘めるような目をして義兄は言った。

＊　＊　＊

エウドキアが診療所を出てきた時。カリムは門番のようにひとり直立不動で戸口に立っていたが、その足元の地面には赤いケシの花びらが行儀よく並んでいた。

「お待たせしました。……小さな子どもでもいたのですか？」

「はい。私は果物屋だそうです。ずいぶん買い叩かれました」

カリムはやはり眉一つ動かさない真顔のままで言う。この調子で子どもとままごと遊びに興じていたのだろうか。想像がつかない。

「泣く子も黙る親衛隊長殿にまけさせるとは……なかなか胆力のある子ですね」

「この辺りは商人の家の子が多いので、親のやりとりを真似しているのでしょう。戦争も遊牧も知らない世代の子どもたちです」

そう言ってカリムは繋いでいた馬を連れてきて、エウドキアが鞍上へ着くのを助けてくれた。表情からは彼の考えを察することはできなかったが、その口ぶりからは伝統的な生活に対する郷愁のようなものが感じられる。

「カリム殿はやはり、幼少のみぎりは草原で遊牧生活を？」

「はい。父はイッハーク＝カガン陛下が――今は、ザハール＝カガン陛下の御母堂であらせられるアイシャ＝カガン陛下が治められているモグール・ウルスの牧羊官ですので」

「では今も、やはり草原の生活が恋しいですか？」

前を行く鞍上のカリムからは返事がない。軽率な質問をしてしまったようだった。しかしエウドキアがそれを後悔し謝罪のために息を吸ったのと同時に、カリムは口を開いた。

「恋しくない。と言えば、嘘になります」

「……そうですか」

「しかし、都市での暮らしも悪くない」

振り向かないままカリムは言って、それから噛んで含めるような口ぶりでゆっくりと続けた。

「人間、どんな場所へ置かれたって時間が経てば慣れるものです。それに、草原暮らしでは一つ所であんなにわさわさと咲き誇る花を見る機会もなかったでしょう」

不意に中庭へ話が及び、心臓が跳ね上がった。彼の言葉や口ぶりからは、それが好印象なのか悪印象なのかを判じかねる。

「あれは確か……ブカンヴィリア、と言いましたか。この辺りではなかなかお目にかかることのない色の花――いや、葉でしたね。遠くまで苦労して取りに行った甲斐もあったと言うものです」

「そ、その節は本当に大変なご面倒をおかけして……申し訳なく思います……」

悪印象の方であったようだ。居た堪れなさ過ぎて、今すぐ消えてなくなりたい。

「……失礼。冗談です。ほんの散歩程度のことでしたよ」

分かりにくい！　と、これが鞍上でなかったら頭をかきむしっているところだった。

「しかし私はあの咲き誇る花を見て、なぜ陛下が妃殿下をお見初めになったのかが分かったような気がします」

「え？」

今度はまた別の意味で心臓が跳ね上がったが、そんなことを話している内に城の前庭に着いてしまった。そこには既に厩務官と共にカガンが待ち構えていて、エウドキアは瞬きの間に鞍上から抱え降ろされてしまった。

「陛下！　困ります！　ひとりで降りる練習だってしないと！」

「固いことを言うな。ひとりで降りる練習なら、ひとりでいる時にすればいいだろう」

そう言ってカガンはエウドキアを地面に降ろさないまま、人をくるくると空中に振り回してご満悦でいる。

人前でそんな風に猫可愛がりされるのがエウドキアは恥ずかしくてたまらないものの、カリムも厩務官も慣れた様子で何も言わずにさっさと行ってしまった。もしかしたら気を遣って退散したのかもしれないが。

「しかし、あれだな。披露宴の頃よりは流石に少し重くなったか？」

ひとしきりくるくるをして気が済んだらしいカガンは、エウドキアを地面に下ろすとおもむろにそんなことを言った。

「……それは、苦言でしょうか？」

毎日乗馬に明け暮れているせいか、ここのところ一層食事が美味しく感じられる。それでついつい食べ過ぎてしまうことも確かに、あると言えばある。

「いやいや。逞しくなったと喜んでいるんだ。薄雪草（うすゆきそう）のように儚げなのもたまらないが、あんまり細いとまた何かの拍子に傷つけてしまうんじゃないかと気が気ではない」

切なげに目を細めながらそう言って、カガンはエウドキアの頬に触れた。そんな顔を見上げながら瞳を閉じると、じきに唇が重なる。重ねるだけの、軽やかな口付けだ。

「——さあ。ウーラが夕食の皿を並べて待っている。遅れるとまずいぞ」

エウドキアが瞼を上げると、今度は大きくて温かな掌が頭の上に触れてすぐに離れた。もっともっと触っていて欲しいのに、素直になれないのが自分でも歯痒かった。

夕食を摂り浴室で体と髪を拭いたあと。更衣室の鏡に映る自分の全身を見て、エウドキアは絶句しその場に膝と手をついた。

言われる前から薄々そんな気はしていたが、自分で思っていた以上に全身から丸みが消え失せ筋肉が付いている。

乗馬のせいで毎日筋肉痛になっている太腿や腹筋はともかくとしても、肩までしっかり分厚くなっているのが本当に解せない。心なしか、少し背も伸びたような気がする。

　本当のことを言えば、エウドキアとしてはこれは割に歓迎したい変化ではある。この調子でたくさん運動をしてたくさん栄養を摂れば、いつかはカガンのように立派で格好いい大人の男になれるかもしれない。そう思うと心が踊らないでもない。

　しかしそうすると、彼が見初めてくれたかつての自分の姿からはどんどん遠ざかっていってしまう。これは大問題だ。

　自分で言うのもなんだけれど、少し前の自分はそれなりに女物の服も着こなしていた。それはまあ本物の女性に比べれば貧相なものではあるけれども、少なくとも婚礼衣装を着ていた時は「無垢で可憐な花嫁さん」に見えなくはなかったのだ。

　それがどうだ。寝間着は今でもネレイデスにいた時と同じリボンの付いた丈の長いワンピースを着ているが、それを纏った自分を冷静に見てみるともう完全に「女物の服を着た男」なのである。

　しかも、床に着いていたはずの裾からは踝が出ている。やっぱり背も伸びている。袖も短くなっているので腕も伸びているのが分かった。

　変わってしまった自分の見た目を、嘆くに嘆けず喜ぶに喜べない。エウドキアは歯噛みしながらワンピースを脱ぎ捨て、どうしていいか分からないまま床の上に五体を投げ出して打ち拉がれた。

この調子の生活を続けていればきっとどんどん背は伸び筋肉がつき、「無垢で可憐な花嫁さん」からは遠ざかっていく。彼の見初めた薄雪草のように儚げな御子は、永久にこの世から消え失せてしまう。

そうしたら、今度こそ本当に愛想を尽かされてしまうかもしれない。考えるだに恐ろしいが、それは約束された未来だ。その前にせめて一度、思い出が欲しい。優しく触れて、上書きをして欲しい。覚悟ならできている。

「——ん？　エウドキア。寝間着はどうした」

寝台の脇でしっぽの毛を梳いていたカガンは、自分と同じ下着一枚の姿で現れたエウドキアを見てきょとんとした顔をした。

「ああ、あの、ちょっと……あちこち丈が短くなって」

「そうか。言われてみれば、確かに少し窮屈そうだったものな。ウーラに新しいのを仕立ててもらうといい」

「そうですね……でも、涼しくなってからでいいかなって……」

「まあ、それもそうか。これからどんどん暑くなるからなあ」

と言いながら、カガンはやりづらそうに体をよじりながらしっぽの根元へブラシを当てている。

「あの……陛下。私がブラシをかけましょうか」

「いいのか？　是非お願いしよう」

カガンはそう言って嬉しそうにしっぽを振り、エウドキアにブラシを手渡した。ブラシのピンは、髪を梳くための物よりもだいぶ硬い。

「わあ……梳いても梳いてもふわふわの毛が出てきますね……」

「そうなんだ。人よりだいぶ多いようでな。毎年のことだが、難儀している」

「冬毛が残っていると、やっぱり暑いですか？」

「そりゃそうさ。真夏に冬物の外套を着ているようなものだからな」

「なるほど……そう言えば、しっぽやお耳以外はどうされているんです？」

「ああ。外で適当に噛み千切ったり地面にこすったりして毛繕いすることが多いが、余裕のある時は理髪師を呼んだりするな」

「床屋さんが毛繕いを⁉」

「そんなに驚くことはないだろう。やはり職人に任せると気持ちのいいものだぞ？」

なるほど、言われてみればもっともな話だ。単に髪を切ったり梳いたりするだけなら自分でできるけれど、人にやってもらった方が断然気持ちがいいし仕上がりも綺麗だ。毛皮もきっと同じことなんだろう。

無限に出てくるのかと思われた古い冬毛も、ブラシで梳いていくごとにだんだん減ってきた。カガンのしっぽは当初の半分くらいの太さになったように見える。

「――こんなところでしょうか？　陛下、どうですか？」

エウドキアが手を離すと、カガンは夏仕様になった尻尾を丸めたり振ったりしてその仕上がりを味わっているようだった。

「ああ。ありがとう。お陰ですっきりした。やはり妻にしてもらう毛繕いは格別だな」

「どういたしまして。こんなことくらいなら、いつでもお任せください」

床に散らばった冬毛を片付け、明かりを消して二人で一つの寝台に入る。カガンは毛繕いの終わったばかりの尾を仕舞っていた。三角耳やしっぽが出ているとどことなく可愛らしい感じもするが、そうでない彼の美丈夫ぶりはあまりにも隙がなく、エウドキアはいつも圧倒されてしまう。

「陛下。あの――」

「ん？　どうした」

抱いてください。の一言がどうしても言えず、エウドキアはただもぞもぞと上掛けの中でカガンに擦り寄る。

「なんだ。やっぱり寒いのか？」

「いえ、その、ええと……」

小麦色の肌に走る傷跡に頬を寄せて甘えたくなる気持ちを、やはりあの鏡の中の自分が邪魔した。瞬きの度に、到底「無垢で可憐な花嫁さん」とは呼べない無様な自分が彼に擦り寄っている様が目に浮かぶのだ。

その光景があんまりみっともないので悲しくなって、臆病が百倍くらいに膨れ上がる。金縛りにあったみたいに動けなくなる。

「……カリム殿が」

なので、エウドキアは違う話題を口にした。

「カリム？　カリムがどうした。何か言われたのか？」

その名を出すと、カガンは俄かに上体を起こしてエウドキアの顔を覗き込む。

「いえあの、少しお花の話をしただけなんですが」

カガンがあんまり気色ばむので、すかさず弁明した。すると彼は「なんだ。そうか」と言って頭を枕の上へ戻した。

「ようやくブカンヴィリアのお礼が言えました。ずっと気にかかっていたので、機会があってよかったです」

「そうか。気にすることはないと思うが、心のつかえが取れたなら何よりだ」

「はい。それでカリム殿が『あの咲き誇る花を見て、なぜ陛下が妃殿下をお見初めになったのかが分かったような気がします』と仰っていて……」

「口説かれてるじゃないか！」

　と言ってカガンはまた気色ばみ、頭を上げる。

「ち、違います！　天空神と地母神に誓って、絶対に違います‼」

　誤解を解かねば親衛隊長殿の命が危ない！　と直感し、エウドキアは神の名を出し必死で首を横に振った。

「たぶん、お庭を褒めてくださったんです。『草原暮らしでは一つ所であんなにわさわさと咲き誇る花を見る機会もなかった』とも仰っていたし……」

「ああ、なんだ。そういうことか」

　と言って、カガンはまた枕に頭を預けた。エウドキアには「こんなに一瞬で火がつき、一瞬で湯が沸く装置が厨房にあったら、厨房官殿が喜ぶだろうなあ」と思えてならない。

「しかし確かに、カリムの言う通りかもしれないな。草原にも花は咲いているが、野草があたり一面、文字通り野放図に咲き群がっているに過ぎないし」

　仰向けのカガンは、何かを思い出すように宙へ視線を放っている。彼の瞳は闇の中に、草原の花畑を見ているのかもしれない。

「草原ではどんなお花が見られますか？　ここへ来た時は馬車酔いがひどくて、景色を楽しむ余裕がなかったんです」

「そうだな。ケシの花と、薄雪草と……何かこう、青いのやら黄色いのやら……」

「名前がお分かりでない？」

「ああ。すまないな。紫がジギタリスで、橙色が確かイトハユリ……だったか？　そなたが中庭で育ててくれている花の名は、大方覚えたのだが」

そう言ってカガンは体をエウドキアの方に向け、苦笑いを浮かべて髪を撫でてくれる。その感触に胸の奥から体が疼き、耳から首筋にかけてが痺れたようにぼうっとしてくる。

「……いえ。いいんです。実物を見た時のお楽しみにしておきます。その時には、私が陛下にお花の名前を教えて差し上げますよ」

「是非お願いしよう。私も楽しみだ。……愛とは本当に不思議なものだな。そなたに出会う前の私は、花の名前など一つも知ろうとはしなかったのに」

微笑みを投げかけると、同じものが返ってきた。それだけで心がほの温かいものに満たされて、嬉しくて涙が溢れそうになる。エウドキアは花の名前ならたくさん知っていたけれど、こんなにも体じゅうを満たす温かなものの名前は知らなかった。

「……陛下は、どうして私をここへ連れて来たのですか？」

その理由を考えてみた方がいい。義兄にはそう窘められた。けれど自分でなければならなかった理由がやはりどうしても見つからず、エウドキアは何度目か知れない問いをカガンに投げかけた。

彼はよく髪が美しいと言ってくれるが、欧亜にだって蜜色の髪を持つ民族などごまんといる。カリムの言うように庭を見初めたのなら、腕のいい庭師を雇えばいい。どれを取っても容易に代わりが利くものばかりだ。ネレイデスまでやって来て、わざわざ曰く付きの男の忌み子を連れてくるほどの理由とは思えない。

「やはり、どうしても気になるか」

カガンは困ったように眉尻を下げ、指先でエウドキアの髪を弄んだ。

「……気になります。私は、あなたのために何ができるのかを知りたい」

心苦しく思いながらも毅然として譲らず、カガンの琥珀の瞳を見つめる。彼の瞳もまたこちらを見つめ返してくる。そうしてしばらくじっと眼差しだけを交わしていたら、やがて観念したようにカガンは口を開いた。

「困ったな。本当に『美しいと思ったから』という言葉でしか表せないんだ。ただ――」

「ただ?」

「そなたを見つける前の私は、魔王になりかけていた」

彼の口から紡がれたその言葉に、エウドキアは息を飲んだ。その心痛がカガンにも伝わってしまったか、彼はエウドキアを気遣うようにまた髪を撫でる。

「ネレイデスまで赴いたのは、当然見合いのためだ。ニュンペの娘を娶ることができれば内外に国力を示すことができるし、オズベクの血を増やすこともできる。私は自分の結婚を政争の具としか考えていなかったから、いかにして従順で働き者で金がかからず多産な女を得るかということばかりを考えていた」

カガンは自らを嘲るようにそう言うが、エウドキアには分かる。それは決して、野心や功名心のためではなかったはずだ。

彼はただ自分の国の民を飢えさせないこと、命の危険に晒さないことで頭がいっぱいだったに違いない。

そのために自分の心を押し殺し、草原を駆け海を渡り、はるばるあの島へやってきたに違いないのだ。

「しかし、ネレイデス王宮の客殿から見えたあの離宮――ブカンヴィリアの咲き乱れるあの庭が、そして、咲き誇る花や木や草の間をひらひらと行き来するそなたの姿が、私にもまだ何かを〈美しい〉と思う心が残っていたことを教えてくれた。まるで悪い夢から醒めたような心地がした」

そう言ってカガンは、恭しくエウドキアの頬に触れた。エウドキアはその慈しみに溢れる手をそっと握り、息を詰まらせたままじっと彼の言葉に耳を傾けた。

「その瞬間、自分のために生きたいと思ったんだ。このまま心を殺し続けて、何も大切に思えなくなるのが怖くなった。自分の花嫁を便利な道具のように考えていた私は、いずれ同じように民を使う魔王になる。そんな未来に私は慄(おのの)いた。——その時だな。黄金色の美しい髪を風に舞わせ、花のかんばせに土を付けているそなたを……どんな手を使ってでも側に置こうと心に決めたのは」

カガンの手がエウドキアの頬を撫でる。その手を、エウドキアの涙がしとどに濡らす。それは彼の歩んできた人生の過酷さが悲しくて流れた涙であるのと同時に、そんな彼に自分が出会えた喜びが溢れて流れた涙でもあった。

「……どうして泣く？　何が悲しい？」

「だって陛下が、あんまりおいたわしくて」

「そうかな。……そうかもな。優しいな。エウドキアは」

「それに、嬉しくて」

「嬉しくて？」

「だって、陛下は私を見つけてくださった！」

ただただ、自分の心を慰めるためだけに手をかけてきた庭だった。自分の境遇を呪いながら、恨み言とともに草を抜いた日も一日や二日ではない。

けれどそんな庭が彼の心を癒し、自分をここへ連れてきてくれた。自分の過ごしてきた時間は決して無駄じゃなかった。してきたことが報われたのだと感じた。

「一生誰とも繋がらず、私は独りきりで生きて死ぬんだとばかり——だから、なんて無駄な命なんだろうと思っていました。でも違った。無駄なんかじゃなかった。私はきっと、あなたのために生まれてきたんです」

泣いている自分の顔が綻んだのが、釣られるように綻んだカガンの顔で分かった。

「ならば私はきっと、そなたをあの箱庭から連れ出すため運命の神に導かれたのだろう。その運命の相手がまさか男だとは夢にも思わなかったが……まあ、そんなことは実に些細な問題だ」

そう言ってカガンはエウドキアの顔の横へ腕を着き、腕の中に抱きすくめて囁いた。

「……愛している。エウドキア。美しい我が妻——」

「私もです陛下。……愛しています。私の運命のひと——」

瞳を閉じると唇が重なる。それは触れるだけの軽やかな口付けとは違う、燃えるような口付けだった。

彼の舌によってエウドキアは頤を開かされ、自分の舌も触れたことのないような場所を擽られた。背筋が痺れるような官能に全身が疼き、どうしてか彼の唾液が甘い蜜のように感じられる。

そんな激しい口付けに矢も盾もたまらず、もっと、とばかりに背中へ腕を回してしがみついた。指先に傷跡の凹凸が触れる。それがあんまり愛おしくてそのままそこをなぞると彼の体がぞくりと震え、唇が放された。

名残惜しいけれど、いよいよと思うと喜びで胸が逸る。闇の中に彼の緑がかった琥珀の瞳が光ったような気がした。匂い立つような、美しい獣の瞳だ。

「……明日も早いんだろう？　もう休んだほうがいい」

しかしカガンはそう言ってエウドキアの額を啄むと、仰向けになってエウドキアの肩を抱いた。

「そなたを愛することで、私はずっと人でいられる。……私のために何かしようなどと考えなくていい。そばに居てくれるだけで充分なんだ」

そう言ったきり、カガンは朝まで目を開けなかった。

四、

いよいよ夏至が翌日まで迫ってきた。明日は早朝に城を発って草原の夏至祭に参加し、そのまま小暑までは草原にユルタのオルドを置いて生活することになっている。半月ほど城を空けるので、その間の中庭の管理はクリに一任した。

エウドキアは後宮での毎日の仕事に加え、自分たちの使うユルタや家具の準備、着替えや日用品の選別に放牧の予習など、目まぐるしい準備の日々を送っている。それも今日でひと段落と思うと肩の荷が降りるような心地だが、明日からは休む間も無く未知のユルタ生活が始まるので全く気を抜いている場合ではない。

「やあやあご機嫌よう！　毎日毎日カラッカラで暑くて嫌になるね！　元気してる？」

「ジェイ！　いつの間に！」

日が少し傾きかけた頃。馬車の荷造りにひとまずの区切りを付けて部屋へ戻ると、ジェイが食卓で紅茶を飲んでいた。彼はエウドキアの姿を認めるとやはり長衣の下でしゃんしゃんと装身具を鳴らしながら駆け寄ってきて、肩を抱き頬ずりをする。

「今日はどうされたんですか？　何か急用？」

「いやいや単なる夏至祭の前乗り。今年の会場はウチの縄張りから遠いからさー。荷物多いからってんでラクダで来たら二日もかかっちゃったよ。やんなっちゃうねえ全く。あ、これお土産！　ナツメヤシの実の干したやつ。デーツっていうの！」

「あ、ありがとうございます……いただきます……」

　胸元に押し付けられた大きな布の袋に、黒くて丸い果実がいっぱい詰まっている。見た目は干し葡萄のおばけという感じだけれど、匂いはイチジクに似ていた。

　ジェイが「デーツは半分に割ってバターとアーモンドを挟んで食ったら世界一うまい」と言うので、取り急ぎバヤンに少し作ってもらって中庭でお茶を続行した。気温は高いが、極東の傘のおかげでかなり日差しは遮られている。

「前乗りということは、今日はウルマス＝カガンもご一緒で？」

「もちろん！　今はザハールの旦那と枢機院で王様同士の話してる。会わなかった？」

「そうですか――いえ、私はずっと後宮で明日の準備にかかりきりだったので」

「ふうんそっか。っていうか、旦那と仲直りできたんだ。よかったねえ！　それに、しばらく見ない内になーんかカッコよくなってんじゃん！　背も伸びた？」

「うぅ……っ！」

ずばずばと悩みの種を掘り起こされ、エウドキアはデーツを喉に詰まらせた。

「大丈夫？　落ち着いて食べなよ。デーツは逃げやしないよ？」

背中を摩られながらデーツを紅茶と一緒に飲み下し、涙目でベンチの上にチャイグラスを置く。

「すみません。こんなことをお尋ねするのも恥ずかしいのですが……私ってそんなに男っぽくなったでしょうか？」

身を乗り出してそんなことを尋ねたので、ジェイはたじろぎながらエウドキアの頭の先からつま先まで視線を巡らせた。

「えー……うん。まあ……結構？」

答えを聞いて頭を抱えるエウドキアを、ジェイは「ははーんなるほど」といった風情でにやにやしながら見つめている。

「さては、最近ご無沙汰だね？」

「ごぶさた？」

「だから、寝てないんだろ？」

「確かにここのところ忙しくて、少し睡眠不足気味――」

「ちっげーよ！　最近旦那に抱かれてねーんだろっつってんの‼」

苛立たしげに発せられた直接的な物言いに絶句し、思わず固まった。ジェイは苛立たしげな顔つきで一つ舌打ちすると、組んだ脚の上に肘を置いて頬杖を着く。

南部風のゆったりしたズボンから出た彼の足首はすべらかに細く、指輪のついた銀のアンクレットがよく映えている。形の良い小さな足の爪は濃い桃色の爪紅で彩られ、まるでブカンヴィリアの苞葉を貼り付けたようだ。

「……最近どころか、初夜以来ご無沙汰です」

「え。嘘でしょ？　仲直りしたんじゃないの？」

「嘘ならどれほどよかったことか……」

「えー……いや、そんな……泣くこたないだろ……」

そう歳も変わらないはずなのに、ジェイはずっと艶やかで婀やかだ。きっと色々と気を遣っているからこそその美貌なのだろうというのは分かるけれど、それにしたって日々激変していく我が身が哀れでならず涙が出てくる。

カガンが自分を愛してくれていることは、今の所は確かだ。しかし――ある種の崇高な運命めいた巡り合わせはあれど――彼が見初めたのはエウドキアの〈見かけ〉であることもまた事実なのである。その事実は彼の「私のために何かしようなどと考えなくていい」という言葉でも補強される。

要するに、彼にとってのエウドキアは〈花〉なのだ。花はただそこに咲いているだけで人の心を癒し和ませる。カガンはきっとそうして愛でるべき存在としてエウドキアを見初めたに違いない。

エウドキアは、今まさに枯れかけている我が身と彼の愛に戦々恐々としている。なので必死になって後宮の仕事やその他の公務に励む。

なるほど生きることは死ぬことの何万倍も困難だが、たとえ彼が愛人を作ったとしても彼の愛するこのカザック・ウルスの豊穣に寄与できるなら――彼の役に立てるのならば、そのことをよすがに生きていける。そんな気がする。

「いや、フツー自分のことを〈花〉とか言うかね。自信満々かよ」

ジェイは呆れたように口を挟み、チャイグラスを呷った。

「それは単なる例えです。でも、一目惚れって要するに見かけでしょう？」

「そりゃそうだけどさ。でも旦那はエドを男って分かってて連れてきて、今も大事にしてくれてんだろ？　男なんだから、そりゃいずれ女よりは背も伸びるし筋肉だって付くさ。始めから分かってたことじゃない。とっくに織り込み済みって思わない？」

ジェイは尤もらしくそう言うけれど、彼はウルマス＝カガンに拒まれたことがないからそんなことが言えるのだ。そう思われてならない。

「そりゃ、そう思いたいのは山々ですけど……だったらどうして手を出して来ない――」

「あのさあ。出せるわけなくないか？」

拗ねて口を尖らせたエウドキアに対し、ジェイは呆れ返ったようにそう言った。その声があんまり刺々しかったので、エウドキアは思わず肩を竦める。

「そんな冷たい声出さなくても……」

「いいや出すね。出しますともさ。お前、自分で何言ってるか分かってんの？」

そう言ってジェイはもう一度舌打ちをして立ち上がり、ベンチで肩を竦ませているエウドキアを憤然と見下ろした。

「いいかエド。そんなに旦那とヤりたいんならな。つべこべ言わずに『愛してくれ』『抱いてくれ』『可愛がってくれ』『めちゃくちゃにしてくれ』って言うんだ。それ以外の方法があると思うな」

「それができれば苦労しな――」

「苦労して言うんだよ！　自分だけ楽しようとするな。旦那は苦労して時間かけて、一生懸命気持ちを伝えてくれたんじゃないの？　じゃなかったら許せてないだろ」

憤然とした表情を浮かべているジェイ。その口から浴びせられるぐうの音も出ないほどの正論に、横っ面を引っ叩かれたような気がした。

「……ま。旦那が旦那ならエドもエドだよ。やってることが半端すぎ。似た者同士だな。自分は花だって言うなら後宮の仕事なんかしてないで足に香油の一つも塗ってろよ。男っぽく変わってくのが嫌なら乗馬なんかやめちまえ。おれはウルマスの大事な宝石だから絶対一人で馬なんか乗んないし、オルドはぜーんぶ人任せだし、おれの髪とか脚とか綺麗なところはもう二度と大切な人にしか絶対絶対見せてやんないけどね！」

ジェイは一息でそう言って当たり散らし、それから急に顔を真っ赤にしてベンチの上に置いてあったスカーフを被り黒い塊になった。

「ジェイ、あの」

「うるさいうるさい！　エドの臆病者！　意地っ張りのごうつくばり！」

「返す言葉もありません。やっぱり持つべきものは――」

「いいから黙れよもう！」

何せジェイは黒い塊と化しているのでもう顔色なんかは分からないのだけれど、ひとまず意地っ張り具合に関しては自分といい勝負なんじゃないかと思った。

「……私もね。ジェイ。すっかり忘れてたけど、本当は分かってた」

「ふん！　何をだよ！」

ぷんすかしている黒い塊が、再びベンチの上に腰を下ろす。

「あんなにずっと拒んでたのに、今更『手を出してくれない』なんて一体どの口が言えるんだって。……今度は私が彼を安心させてあげなきゃいけない。ちゃんと気持ち伝えなきゃ」

「そうだよ。めちゃくちゃ分かってんじゃん」

　無造作にスカーフを被った黒い塊はどこから顔を出したらいいのか分からなくなってしまったようで、ずっと布の中でもぞもぞしている。エウドキアはその穴を探すのを手伝いながら、また一つ大きなため息を吐いた。

「性欲って怖い……」

「え、なに突然。気持ち悪いんだけど」

「急に少し体が大きくなって焦ったっていうのもあるけど、どっちかって言うとこう……ここのところなんだかずーっと気持ちがムラッとしてて、自分に都合のいいようにばっかり物事を考えて、大事なことが頭からすっぽり抜け落ちてた気がする」

　エウドキアがそう言うと、ジェイは共感したように「そういうことね」と言ってうんうん頷いてみせる。

「まあ、性欲ってのも勢いついていいと思うけどね。夏至ってさ、不思議とみんなそういう気分になる日だもの。でもさ」

　スカーフの中から、笑いを堪えているようなジェイの声が聞こえた。

「それって、性欲って言うより『旦那のことがめちゃくちゃ好き！』って気付いただけじゃないの？　見た目が変わって不安になったり、いちゃいちゃしたいって思うのってさ」

ジェイはようやく見つけたスカーフの穴から両目を覗かせ、その双眸をにんまり細めながらそう言った。

＊　＊　＊

ジェイとウルマス＝カガンは夕食前に城を出て、ラクダに乗って草原に帰っていった。彼らのオルドは既に夏至祭の会場にあって、配下の従臣たちが食事を作って帰りを待っているということだ。

「――どうした？　エウドキア。物思いに耽って……」

前庭で彼らの乗ったラクダ――ジェイはウルマス＝カガンの腕の中にちょこんと抱えられて帰って行った――を見送ったあと。カガンはエウドキアの顔を不思議そうに覗き込んでそう問いかけてきた。

「いえその……ジャミール妃殿下があんまりお淑やかでお可愛らしくいらっしゃるので、私も少し見習った方がいいのかと」

エウドキアは我に返ってカガンを見つめ返し、感嘆と共に述べる。自分とお喋りに興じている時はザハール＝カガンのことを親しげに「旦那」呼ばわりするが、実際の彼の前だと黒い塊になったまま一言も声を発しないので驚いたのだ。

「もしや、あれが正しい王妃のあり方ですか？　私も黒いスカーフを被ってお祭りに行った方が？」

「そんなわけあるか」

カガンは少し呆れたような口ぶりでそう言うと、エウドキアの頭のてっぺんをぐりぐり撫でて踵を返す。

「同じオズベクの遊牧民と言っても、住むところが違えば文化も違う。そう神経質になる必要はないさ。披露宴をよく思い出してみろ。ジャミールのほかにあの黒いスカーフを被った者がいたか？」

「でも陛下はただでさえ異端児でいらっしゃるのに……私のようなものが大きな顔をして横にいてはやっぱり顰蹙を買うのでは……」

「馬鹿なことを言うな。折角の花のかんばせだ。存分に見せびらかしてやればいい」

カガンは振り向かないままそう言って気色ばみ、早足でずんずんと後宮へ向かう。鷹揚に振る舞おうとしているようだが、神経質になっているのはむしろ彼の方な気がする。

カガンは以前から夏の放牧を心待ちにしている様子だったものの、一方の夏至祭にはあまり乗り気でないような素振りを見せていた。というのも夏至祭では遊牧生活を捨てたカザック・ウルスを好く思わない、伝統的な生活を重んじるウルスのカガンとも顔を合わせなければならないからだ。

なるほどザハール＝カガンは異端の王で、おまけに遠く西域のネレイデスまで見合いをしに行ったかと思えばなぜか男嫁を連れてくるような変人だ。いくらでも難癖のつけようがある。

「妃殿下ももうご承知でしょうけれど、あの通りの性分のお方ですからね。ご自身だけのことであればのらりくらりとやり過ごすんでしょうけれども、今は非難の矛先が妃殿下へ向かいはしないかと気が気でないんでしょう」

というのはウーラの証言で、

「干ばつや戦争で一番大きな犠牲を払ったのは、やむにやまれず牧畜を廃業した果樹園の農奴たちや治水工事の人たちです。そんな定住民たちの暮らすカザック・ウルスの王（カガン）を相手にしたり顔で説教を始めるような者は、口だけ出して金は出さない単なる野次馬と相場が決まっています」

というのはカリムの証言だ。

そんな話を聞くとエウドキアも「何を言われても堂々として、なんなら西域風の機知に富んだ嫌味の一つも返してやるぞ！」と意気込むことしきりではあるが、いかんせん自分には「子どもが産めない」という王妃としては致命的な弱点がある。そこを突かれると流石に何も言えない。

それに絡んで、エウドキアにはもう一つ右往左往してしまう懸念がある。それは、カガンの昔の〈火遊び〉の相手についてだ。

夏至祭では、自分もカガンもそうした娘たちと顔を合わせるのかも知れない。正気でいられる気がしない。というかむしろ、出発する前から既に正気を失いかけている。焼け木杭に火でもついたらと思うと、頭を掻き毟って叫び出したくなる。

その晩は、結局一睡もできないまま起床の時間になった。連日連夜の睡眠不足も祟り、目の下の隈と肌荒れがひどくて気が滅入る。

草原にはいつも通りの男物の服で行くことにした。と言っても一応、一張羅のシルクのシャツと上着、それに上着と揃いの刺繍が入った〈タキヤ〉と呼ばれる平たい帽子を被った正装だ。男装で公の場に出るのは初めてなので、少し緊張する。

城を出る時にはまだあたりは暗かった。夏至の夜明け前なのでほとんど深夜だ。ようやくタイルの張り替えが終わった王宮のドームが、月明かりに照らされて青く輝いていた。

普段はまだ誰もが眠っている時間だけれど、今日はお祭りのため早い時間から草原へ向かう者たちも多いようだ。バザールも俄かに息衝いている。

家々の軒先に鉢植えが増えているのを見つけると嬉しくなる。けれど同時に反省する。初めてこのバザールを見た時には「朽ちるに任せたような有様だ」と思ったものだけれど、実際にはその逆だった。

壊れてしまった、失われてしまったものを、この街は一日また一日と取り戻していく。そんな力に溢れた街を、今ではほかのどんな街よりも美しい街だと思う。

やがて隊列はバザールを抜け、荒涼とした草原地帯へ踏み出していった。輿入れの時にはあったフェルトの家々はきれいさっぱり消えている。きっとみな夏の宿営地に移動したんだろう。目をこらすと、土の上に丸くユルタのあった跡がいくつも見られた。

「隊列を組んでの移動はぶっつけ本番になってしまいましたが、この分だと何事もなく予定通り設営を始められそうですね。一安心です」

カガンと共に殿にいたエウドキアは、鞍上からキャラバンの様子を伺って胸を撫で下ろした。少し先へ行くと渋滞が発生している疑いもあるようだが、時間には余裕がある。

「ああ……。しかし、驚いたな。まさかそなたがここまでラヴァーンを乗りこなしていたとは」

カガンは心底から感嘆したような声を上げ、目を丸くしていた。特訓の成果を無事に披露することができ、こちらも一安心だ。

「お褒めに預かり光栄です。筋肉痛に耐えて特訓に励んだ甲斐がありました」

「そうだな。本当によく頑張った。私もそなたを誇りに思う」

そう言ってカガンは鞍上から腕を伸ばし、労うようにエウドキアの背中を二度叩いた。頭を撫でられなかったのはきっと単に帽子を被っているからなのだけれど、頭を撫でてもらった時よりもなんだか誇らしく感じられた。

ジェイにはあんなことを言ったけれど、エウドキアはやはり「花のようにただ愛でるためだけにいる王妃は嫌だ」と思い直した。ほんのひと時だけ咲いて見られて枯れて終わりの〈花〉ではなく、いつまでも彼を支えられる〈人〉でありたい。

もちろん、彼のように覚悟を持って徹頭徹尾愛する人の〈宝石〉でいる生き様も見事だ。美しいと思う。けれどもそういう生き様は自分の性分には合いそうもない。

ああいう生き方というのはきっと、ジェイのように自分の中にしっかりした芯を持って物事を考えられる人間でなければ難しそうだ。

自分に自信がないからちょっとしたことですぐに狼狽えて、泣き喚いて。自分は一体何を考え何に怒り、何を恐れているのかすら曖昧だった。

なので自分は身体や知能こそ一八歳の男だけれど、心のどこかがまだ生まれたての赤ん坊なんじゃないかという気がする。そんな自分はジェイのように「これ」と決めた道を迷いなく突き進むことは今のところできそうにないが、いずれ、何にも惑わない自信に満ちた大人になれたらいいなとは思う。そして、その時も愛する人の隣に居られたら――とも。

隊列は順調に進み、カザック・ウルスのオルドは予定どおり夜が明けた頃に草原へ到着した。一番乗りではないが、まだそれほど多くのユルタは建っていない。

ウルジュスの夏至祭は球技や武術、乗馬などで得点を競うウルス対抗の運動会のような催しで、毎年持ち回りで開催地が変わる。これも遊牧生活と考え方は同じで、ひとつのウルス、一箇所の草原だけに負担を集中させないための伝統のようだ。

今年はたまたまカザックの年だったので、開催地と定めた場所まで水路を引くためにカガンはかなり根を詰めていたようだ。戦災復興や地下水路の利便性を示す絶好の機会だと気負った部分もあったと見える。

そんな時に自分は一体……と考えると、エウドキアは忸怩(じくじ)たる思いのあまり地面に頭を打ち付けたくなる。あの時はあの時で必死だったしカガンやこの国の事情など全く知る由もなかったのだけれど、今となっては罪悪感でいっぱいだ。なので「あのブカンヴィリアだけは絶対に枯らさず大事に増やさなければ！」と誓うことしきりである。

エウドキアはユルタの設営に指示を出すのもそこそこに、カガンと連れ立って開会式へ出席した。さすがオズベクは遊牧騎馬民族だけあり、対抗戦を前にどこのウルスの選手、どこのウルスのカガンもかなりピリピリしていて少し気後れした。

しかし夏至祭は単なる競技会ではなくやっぱり〈お祭り〉で、普段はバザールで店を出している商人たちや職人たちが至るところに土産物や軽食の露店を出している。

ほかにも、よそのウルスの女性たちが中心になって各地の特色ある毛織物や手芸雑貨、金銀の宝飾品なんかを物々交換に出しているところをよく見かけた。

中でも南部の砂漠地帯で作られている銀細工とバラの香油は特に人気のようで、いつ見に行っても人だかりができている。あまりにも女性ばかりが花のように咲き群がっているのでエウドキアはここでもやっぱり気後れして、物々交換を持ちかける決心をするまでにかなり時間がかかってしまった。

肝心の競技はというと、団体戦は獲物の奪い合いを模した球技と騎馬による継走、個人戦は弓術と相撲と競馬が行われる。

それに出場するのはいずれもウルスを背負って立つ精鋭たちで、年末にはそれぞれのウルスで予選が行われているという。一番の目玉競技は球技だと聞いた。今は自軍の鼓舞に専念しているカガンも、この球技では大将を勤める。

カザックの代表は残念ながら相撲では表彰台へ上がることは叶わなかったが、エウドキアはカガンに代わって選手のひとりひとりにその奮闘ぶりを讃える言葉をかけて球技の会場へ急いだ。

オズベクの古い言葉で〈青き狼〉を意味する「フフ・チノ」と名のついたこの球技は、世界各地の遊牧民に親しまれている。しかし何を隠そう、この中央草原こそが「フフ・チノ」発祥の地なのだ。とカガンは自慢げに話していた。

ルールは「男女三人ずつ六人一組の東軍と西軍が、仔ヤギを模した大きな革の長球を騎馬上で奪い合う」という単純なもので、それぞれの陣営の「巣穴」と呼ばれる円の中にその球を先に入れた方が勝者となる。

要するに、獲物を取り合って狼の群れ同士が争ったのを模した競技だ。巣穴に球を入れた回数を得点として競う場合も多いが、元来のフフ・チノは一発勝負だったらしい。ウルジュスの夏至祭では、限りなく元来のフフ・チノに近い形で――つまり、選手は騎馬に乗ってではなくその身を狼に変じさせ、一点先取を勝利条件として行うという。

「妃殿下！　こちらですよ！」

ウーラがひょこひょこ飛び跳ねながら大きく手を振っているのを見つけ、小走りでその横に着いた。見物席と言っても、選手が駆け回る巣穴と巣穴の間をなんとなくで見物客が取り囲んでいるに過ぎない。なので何かの弾みで球が飛んできたりすると、それを追って狼の群と化した選手が突っ込んで来るので大変な騒ぎになるのだとウーラは熱弁する。

「妃殿下、ゆめゆめ逃げ遅れたりせぬよう、長靴の紐はきっちり結んでおくんですよ」

「わ、分かりました」

そうして下を向いている内に頭の上でわあっと歓声が上がった。どうやら試合の準備が整ったようだ。万が一にも解けないようブーツの紐を固く結び、立ち上がる。

睨み合っていた両軍が互いに煽り合うような遠吠えを上げた。カザックは東軍で、中心に立って一歩前へ出ている一際大きな銀狼がザハール＝カガンだ。それだけははっきりと分かった。

エウドキアは狼が吠え合う様に、恐怖を感じるどころかむしろ「なんて美しいんだろう」とその光景に魅入った。自分でも気付かないくらい、いつの間にか感性がこの地に染まっていたようだ。そういえば、今朝はウーラの淹れてくれた塩入りミルクティーをお代わりしてきた。緊張で一睡もできずに迎えた朝に、しょっぱくてコクのある温かい紅茶がやけに染みたのだ。

なんだかとても誇らしく、清々しい気持ちだ。冬から春、春から夏とかけ、随分遠くまで旅をしてきたような気がする。

けれど潮騒が恋しいかと言われれば、別にそれほどでもない。まるで海を渡ってきたことの方が嘘みたいに、今は草原の風が心地いい。

遠吠えの応酬に混じって、主審の吹いた高い笛の音が聞こえた。両軍は一見てんでばらばらの位置に着き、副審が二人掛かりで抱えている長球にそれぞれ狙いを定めている。

そして少ししたあと。副審はその長球を天へ高く放り投げた。

「わあっ！」

大きなアーモンド型の長球が宙を舞い、狼の群が一斉にその球へ飛びかかる。無秩序にうぞうぞと毛皮が蠢き、見物席には高さがないので何が起こっているのかが今ひとつ分からない。

「あっ、ああーっ！　陛下！　がんばれっ‼」

球の一方の先をカガンが、もう一方の先を西軍の大将が捕らえていた。両者がそれを引き合い、その他の軍勢が獲物を引き合う敵の大将に噛み付いたり体当たりをしたりしてどうにか獲物から引き剥がそうと奮闘する。

「ああーーっ！　取られたっ！」

獲物はカガンの顎から西軍大将のもとへ渡ってしまった。カガンと同じくらい大きな黒狼が、瞬きの間に踵を返して自陣の巣穴を目指す。

しかし、それを追うカザック・ウルスの軍勢は速かった。二頭一対となって西軍大将をあっという間に囲い込み、西軍大将の黒狼はたまらず獲物を宙へ高く放り出す。それを西軍の別の狼が空中で捉えようとするも、獲物はその鼻先に弾かれた。

「ウーラ危ない！　下がって‼」

弾かれた獲物はまっすぐエウドキアの方に飛んできた。見物客は一目散に逃げ出して、エウドキアも咄嗟にウーラを庇って直撃だけは避けたものの、体勢を崩してしまって狼の群からは一足逃げ遅れてしまう。

弾き飛ばされる！　と思って目を瞑ったけれどいつまで経ってもその衝撃はなく、そっと目を開けた。

「へ、陛下……？」

エウドキアは銀狼の胸の下で、匂い立つような美しい獣の瞳に見下ろされていた。

「もう少し、後ろに下がって見ていなさい」

銀狼は頭に直接響くような、唸るような低い声を発してエウドキアの体の上から退いていった。

見物席に弾き出された獲物は既に、少し遠くで群に叩かれていた。銀狼はエウドキアが立ち上がるのを見届け、群に戻っていく。

エウドキアはそそくさと見物席へ引っ込み、言われた通り一番後ろまで下がって観戦を続けた。大事な試合の邪魔をしてしまった。思えば初めて叱られた気がする。

獲物はあちこちに弾き飛ばされながらの激しい争奪戦になっていた。けれど奪ったり奪われたりしながらも、少しずつ東軍の巣穴に近付いている。

群の指揮は総大将のカガンと副将らしき灰白まだらの雌狼が連携して取っていた。というのも狼の群は一組の夫婦とその眷属からなる集団なので、フフ・チノの群も大将と副将は男と女が対になって務めるのが決まりなのだという。

獲物を東軍の副将が捉えた。彼女は猛然と巣穴を目指す。カガンはそんな彼女の護衛役として、獲物を付け狙い飛びかかってくる西軍の狼たちを次々に薙ぎ払っていく。その様はまさに比翼連理だ。

いくら真剣勝負と言えども、たかだか祭りでのことだ。重く受け止めるような必要は全くない。分かっているのに、胸がざわついてざわついて仕方がない。

エウドキアは逆立ちしたって狼にはなれないので、夏至祭りのフフ・チノに参加することはできない。

夏至祭り以外で馬に乗って行うのであれば試合に出ることはできるが、エウドキアは女性ではないのであしてカガンの相棒として副将を務めることはできない。

それがなんだか、自分と彼の全てを物語っているような気がして悲しくなった。気にしたってしょうがない、どうしようもないことだからこそ癒えない。

獲物は東軍の巣穴のすぐ手前まで運ばれては来たものの、再び敵に奪われた。しかし、カガンがすかさずその喉笛に食らいつき、獲物を取り返そうと奮闘する。

「ザハールさまーっ！　頑張れーっ‼」

こうして彼の名前を呼ぶのは、草原の道で野盗から命を救ってもらった時以来だ。あなたの妻はここです！　私です！　と叫ぶ代わりに名前を呼んだ。なんだかかえって惨めな気がした。

しかしエウドキアが彼の名前を叫んだその瞬間、カガンはその三角の耳をぴんとそばだて敵から獲物を奪還し、そのまま獲物ともども巣穴へ飛び込んだ。東軍側の見物席は歓喜に沸き、反対の西軍側からも拍手が起きる。

試合終了の笛が鳴った。両軍はまた初めのように整列して遠吠えを上げているが、エウドキアは居ても立ってもいられず東軍の巣穴のあるあたりへ駆けた。

「陛下！」

毛皮のあちこちにはげと擦り傷を作って疲労困憊といった具合にふらふら歩いていたカガンは、エウドキアが声をかけるとぐっと鼻先を上げて見せた。その目はどこか怯えているように見える。

「ああ、ザハール様！　お見事でした！　とってもかっこよかった‼」

なので駆け寄ったその勢いのまま彼の前で膝を突き、その首元へしがみついて毛皮に顔を埋める。表面の長い毛は艶やかだけれど少し硬い。頬にちくちくと刺さるような感じもするけれど、その痛みも愛おしい。

人に怯えるような――エウドキアを怖がらせたり、エウドキアに拒絶されたりするのではないかと不安に思っているような――目をしていたカガンは、くすぐったそうにその目を細めて「わふ！」と一度、咳払いをするように吠えた。

「こら。そう撫でくりまわすな。せっかくの一張羅に毛がつくだろう！」

それから改めて、カガンはあの頭に直接響くような低い声で発する。しかし、千切れんばかりに振られているしっぽで照れているのがばればれだ。照れているカガンが可愛らしくて仕方がないので、エウドキアは猛然とその銀色の毛皮を撫でくりまわし顔を埋めた。

「――お若いお二人さんよ。すまないんだが、俺にも仕事をさせてくれるかね」

しかし、頭の上から咳払いとともにそんな声が聞こえてエウドキアは我に返った。

「あ……あにうえ……どの」

義兄だけではない。顔のそこここに絆創膏を貼ったカリムともう一人、頭に包帯を巻いたアセナがいる。それはたった今激戦を制してきた青き狼(フフ・チノ)の軍勢の負傷者で、そのことに気付いたエウドキアは慌ててカガンから離れて立ち上がった。

「ああ、うわ、すみません！　その、素晴らしい戦いぶりで——」

エウドキアは自分の顔が真っ赤に茹で上がっていくのを感じながら、毛だらけの上着を必死に払った。少し前の自分をひっぱたいてやりたい気持ちでいっぱいだ。カリムが笑いを堪えているところなんか初めて見た。

「いやあ、仲睦まじくしていらっしゃるようで。何よりなことじゃないですか」

しかし最初に笑い声を発したのはカリムではなく、その横にいるアセナだった。

「あっ、アセナ殿！　これはその、お恥ずかしいところを……」

「あらっ、覚えていてくださったんですね！　アセナは嬉しゅうございます。しばらくお目にかからない内に、すっかり見違えましたね！」

そう言って彼女は顔を綻ばせ、エウドキアの上着についたカガンの毛を一緒に払ってくれる。しかし彼女がエウドキアの世話を焼いてくれる手つきや顔つきは、相変わらず幼い子どもの相手をするような雰囲気なので妙に恥ずかしい。

「おや、意外や意外。きみらは知り合いかい？」

と言って義兄は、目を瞠りながらエウドキアとアセナの顔をそれぞれ見た。

「はい義兄上。輿入れの際、草原では彼女にも馭者をしてもらった日があって――」

　その経緯を義兄に説明すると、彼はどうしてか含みを持った口ぶりで「なるほどね……」と言って弟の顔を冷たい視線で見下ろした。

「その節は何から何まで、アセナ殿には本当にお世話になりました」

「とんでもない！　本当はあんな危ない道でなく、絹の道で景色やお買い物をお楽しみ頂きながらごゆるりとお過ごし頂くはずだったんですよ。だのにこの暴君ときたら……」

　と言って、どうやらカガンとは旧知であるらしい彼女もまたぎろりと彼を睨みつける。

そうして二人に冷ややかな視線で見下ろされているカガンは、焦ったような何か言いたいことがあるような、妙な様子でぐるぐると喉を鳴らしエウドキアを見上げていた。

　よく分からないけど、撫でてほしいのかな？　と思って、エウドキアはカガンの耳のあたりをかいてやった。するとカガンは気持ちよさそうにまた「わふ！」と吠えたものの、アセナはなんだか生暖かい目でエウドキアとカガンを見ている。

「あらあら。うふふ。気持ち良さそうだこと。どおりでここのところめっきりご無沙汰なはずだ！　こんなに可愛いお嫁さんがいるなら、わざわざ――」

　とアセナが口にしたその瞬間。カガンは猛然と遠吠えを上げカリムは大きく咳き込み、義兄はカガンのしっぽを掴んで「手当が必要だ」と大きな声で言いながら、そのまま彼をどこかへ引きずって行った。

「……ごめんなさい、アセナ殿。聞き逃してしまいました。もう一度いいですか？」

もしかすると聞き返さない方がよかったのかもしれない。カリムに「無神経だぞ」と窘められたアセナは、言われて初めて気付いたとでも言うように両手で口を覆っていた。

＊　＊　＊

フフ・チノの決勝戦をもって夏至祭の全ての競技が終了し、最終成績ではカザックが見事一位を獲得した。カガンの健闘もさることながら、弓術で優勝したカリムが稼いできた点数もかなり大きい。

成績発表と閉会式が終わると、開会式や試合中のピリピリとした雰囲気が嘘のように和やかな様子で誰もが互いの健闘を労い合う。その内に競技場だった場所のそこかしこで火が焚かれ、陽が傾き始める頃には肉を煮炊きする美味そうな匂いがあたり一帯に漂った。

「――ああ、エウドキア。愛しい我が妻。どうか怒らずに聞いて欲しいんだが」

「怒らずに。怒らずにですって？　陛下には、私が怒っているように見えると？」

「ああ。見えるとも。私の目は誤魔化せんぞ」

　エウドキアは「少々人疲れをしてしまいました」とウーラに断り、少しだけ休むつもりでオルドのあるあたりに戻っていた。けれど草原に暮れなずむ夕日と咲き乱れる野草があんまり美しいので、夢中になってリースを作り始めてしまったのが少し前のことだ。

　そこへカガンが血相を変えて現れたわけだが、エウドキアとしては野草のリースを作り始めたところでとっくに気分転換は済んでいたので、カガンの間の悪さには呆れるやら可笑しいやらで脱力してしまった。

「……大丈夫です。今はもう、本当に怒ってません」

「今は？」

「ええ。さっきまでちょっと怒ってましたけど、陛下ではなく草原の夕日とお花が慰めてくれましたから今は怒っていません」

　そうしてエウドキアがちょっとした意地悪を言うと、カガンはこれ以上はないというほどに肩を落として「花に負けたのか……」と嘆いた。少し可哀想だったかな。と思い、エウドキアは手元のリースをカガンの頭に乗せた。

「くれるのか？」

「はい。差し上げます。一等賞のお祝いです」

「……ありがとう。大事にする」

「ね？　怒っていないでしょう？」

「ああ。……本当だ」

そう言ってカガンはほっとしたように細く長い息を吐き、草の上に座り込んで小さな声で「すまなかった」と言った。エウドキアも本当に怒っていなかったので、その横に腰を下ろして「いいんですよ」と返しカガンを許した。

競技が終わってみてから分かったことだが、夏至祭にはやっぱりカガンの〈火遊び〉の相手が方々からやって来ていた。

それは主に今は少し遠くの宿営地に暮らしている遊牧民の娘たちで、みなアセナと同じくいかにも健康そうで豊満な、快活で働き者の美女たちだ。そんな彼女たちはみな、輿入れの時にエウドキアをカザックまで連れて来てくれた馭者の女たちだった。

カガンが義兄の手当を受けている間に、エウドキアは騎馬の継走で優勝した彼女らを労うのと輿入れの際のお礼とお詫びを伝えるべく、一人一人を訪ねて歩いた。するとどうだ。そんな彼女らとカガンの関係が次々に耳に入ってくるので呆れてしまった。

無論それはかつての彼のやんちゃっぷりにではなく、自分が幾度となく抱いてきた娘たちに自分の花嫁の乗った馬車を引かせるという無神経ぶりにである。

「陛下は女性について、本当に一貫した趣味をお持ちになっているようですね。非常に参考になりました。興味深いことです」

手当を終えて閉会式の会場で合流したカガンは、エウドキアの冷たい視線に目を泳がせながら弁解した。

「だからあれは、趣味や好みというよりはだな――」

「私はいいと思いますよ。非常に共感します。もし私もこの草原の地でごくごく一般的な男性として生まれ育っていたとしたら、きっと彼女たちのように元気な子をたくさん産んでくれそうな働き者の娘さんに惹かれたと思います！」

その時のエウドキアは、わざとカガンの傷つきそうな言葉を選んでいる自分が嫌で嫌でたまらなかった。顔では笑っていたけれど、その顔は不恰好で醜悪で、百年の恋も冷めるような酷い顔だったに違いない。

エウドキアには彼がどんなつもりで彼女たちと付き合っていたのかが分かっていたし、それを非難する気も毛頭なかった。だって彼は、あんなに苦しげな顔でエウドキアに言ったのだ。「魔王になりかけていた」と。

しかし、そうは言っても腹の虫が治らなかった。自分で自分の気持ちが理解できずに、心が千々に乱れてしょうがなかった。

「私が信じられないのは、陛下が彼女たちに私の乗った馬車を引かせたということです。

乗ってる私はいいですよ？　何も知らないんですから。でも彼女たちがあなたにそれをさせられて何も思わなかったとでも!?」

　もちろんそれも、怒りや呆れの大きな理由の一つであることは確かだった。けれどそれだけではなく、彼が他の誰かを愛でていた事実が我慢ならない。それもまた紛れもない本心だった。それがたとえ、自分と出会う以前のことだったとしてもだ。

　けれどエウドキアはそんな自分の本心をそのままぶつけることをせず、自分の理不尽な憤りを〈誰かのため〉と偽って彼に押し付けた。それはひどく悪辣なことだと分かってはいたけれど、どうしても止められなかった。

「恐らくだが、誰も何も思わなかったと思うな」

　カガンは、エウドキアの予想とは裏腹に落ち着き払った淡白な顔つきでそう答えた。

「……本気で仰ってるんですか？」

　と返しはしたが、彼の言っていることになんの間違いもないことは理解していた。なぜなら彼女たちはみな、心の底から自分たちの結婚を祝福してくれていたからだ。

「ああ。本気だ。――それだけ以前の私は人でなしで、それだけ彼女たちは心根の気持ち良い女たちだったということだ。私が心から愛する花嫁の安全を託すことのできる、強かで逞しい、美しきオズベクの娘たちだ」

その言葉に、疑うべき点など一つもなかった。ただ一つ彼に瑕疵があったとするなら、その時のエウドキアを相手に昔の恋人を褒めたことだ。

「でしたら私のような偏屈な人間ではなく、今からでも彼女たちの内の誰かをオルドへお迎えになればよろしいんです！」

自分が口にした言葉が信じられなかったが、エウドキアは確かにそう吐き捨てて彼の前から逃げ出した。ユルタに逃げ込もうとして途中でウーラとすれ違ったので「少々人疲れをしてしまったので」と言って居場所を伝えたが、彼女にはエウドキアがカガンと喧嘩をしたことなどその顔色からばればれであっただろうと思う。

「……冷静に思い返してみると分かったんですが」

とエウドキアが口を開くと、横に座っているカガンは「ん？」と少し首をかしげてエウドキアの言葉に耳を傾けた。

「私はまた、怒る道理のないことで喚き散らしてしまいました……」

絶望的な気分で首を垂れ、エウドキアは抱えた膝の間に大きなため息を吐き出した。

「なんだ。えらく深刻な声を出したかと思えばそんなことか」

「いつものことだと？　陛下はそうおっしゃる」

「そこまでは言わないが……まあヤキモチを焼いた時なんていうのは、大体が道理を失うものだ。あんまり可愛いのでびっくりしてしまったが」

「ヤキモチ……？」

「違うのか」

言われて初めてぴんと来て、エウドキアはまた忸怩たる思いに苛まれてそのまま「違いません……っ！」と草の上をのた打った。カガンはそんなエウドキアを見て愉快そうに笑いながら「本当に可愛いな」と言って脇腹をくすぐってきたりしたので、たまらずエウドキアも笑った。

しかし、実際のところエウドキアがあんな風に喚き散らしてしまった原因の感情というのはやきもちばかりではなく、どちらかというと自分の心の中に自分の居場所がない不安なのだった。

どんなに愛していると言ってもらっても、どんなに彼の愛情を実感しても、エウドキアの心の中にはその〈根拠〉として信じられる自分がない。自分の心の中で芯になるものや、自分の居場所がない。だからいつも喚き散らしてしまうし、彼を振り回してしまう。

生まれ育った土地をもう二度と踏むことができない寂しさは、幸いなことに人を愛することで埋められた。けれど同じ眼差しで自分が見つめられることを受け止めるには、自分で自分を同じように見つめられるようになるしか方法はないいんだろう。

これればかりは、本当に自分でどうにかするしかないんだろうな。と思って、エウドキアは暗澹たる気持ちになった。自分のことを誇れるようになる方法なんて、全く思い浮かばない。手がかりすらない。

夕日が草原の地平線に半分くらい隠れた頃。エウドキアはカガンと一緒にもとは競技場だったあたりに戻った。

「……穏やかじゃないな。血の匂いがする」

そう言ってカガンは眉をひそめ、頭の上のリースを手に取りエウドキアに手渡した。血の匂いは分からなかったものの、カガンの言う通り確かにあたりは騒がしく、剣呑な雰囲気が漂っている。

「陛下！　妃殿下！　こちらでしたか」

駆け寄って来たカリムはどうしてか戦支度で、肩に弓を携えている。

「カリム！　どうした。なんの騒ぎだ」

「敵襲です。〈ブルキト〉の残党が家畜を襲いました」

「なんだと⁉」

カガンは憤怒の声を上げ、エウドキアは息を飲んだ。ちょうどその時はるか頭上、燃えるような紫色の空から甲高い鳥の声が降って来て、カリムは忌々しげに天を仰いだ。

不幸中の幸いであったのは、襲われたのは今のところ家畜だけで人の命までは狙われていないということだった。しかし地下水路のそばにまとめて囲ってあった家畜たちは半数が食い荒らされ、もう半数はその混乱で錯乱しどこかへ逃げてしまった。

「もうじき夜だ。逃げた羊はもう見つからんだろう」

そう言って恨めしそうに舌を打ったのは、アセナの父親だ。

「ここへ羊を繋げと言ったのは誰だ。え？　横着せずにいつも通り沢まで降りていきゃこんなことにはならなかったんじゃないのか？　どうなんだザハール＝カガン！　なんとか言ってみろ‼」

息巻いたのは彼一人だったが、同じような怨毒を湛えたいくつもの瞳がカガンを捉えて離さない。

「……そなたの言う通りだ。返す言葉もない」

「言葉なんか要らんさ。羊を返してくれ。羊と、嫁と、娘婿を返してくれ。あんたが戦に連れてって殺した俺の大事な家族だよ！　まさか忘れたわけじゃないよな⁉」

「父ちゃんやめてよ！　そんなのもうどうしようもないことだろ！」

カガンの胸ぐらに掴みかかる父親を、娘のアセナが引き剥がした。カガンは頭を深く下げたままでいる。頭の上でまた甲高い鳥の声がして、その場にいた誰もがその鳥影を見上げて目を血走らせた。

「……カリム。私の弓を」

「御意」

「他の者もだ。弓を持て！　そうでないものは石を持て！　雛の一羽卵の一つまで容赦はせんぞ！　怪鳥どもを屠り尽くせ！」

頭を上げたカガンは、エウドキアの知らない昏い目をしていた。しかし見たことはなくても、それが自分を見つけてくれる前の彼の瞳であることは明白だ。エウドキアはそのあまりに深い闇の色に慄き、しかし矢も盾もたまらずに大きく息を吸った。

「待ってください！」

カガンを捉えていた怨毒を湛える瞳が、今度はエウドキアを捕らえた。そのあまりの恐ろしさに体が竦む。しかしエウドキアは、声を絞り出すのをやめなかった。

「羊が先です。報復なんていつでもできる！」

「逃げた家畜が見つかるものか！　素人は黙ってろ！」

「いいえ黙りません！　私はカザック・ウルスの王妃――ザハール＝カガンの妻です！」

エウドキアはそう声を張り上げ、上着と帽子を脱ぎ捨てて家畜のいた囲いの中へ押し入った。思った通り地面にはいくつもの血溜まりがあり、食い散らかされた肉や内臓が飛び散っている。正気でいたら眩暈を起こして倒れそうな光景だ。

「私はきっとこの地へあなたを――いいえ。あなたたちを救いに来たんです！　死んだ者は蘇らないけど、生きている者なら取り返せる！　絶対見つけてみせます!!」

屠殺した家畜の内臓を洗うためのものだろうか。エウドキアは囲いの中に水の張ってある盥を見つけ、その中へ両手を突っ込み掌に力を込めた。背中に冷たい視線が刺さるのが分かる。狂人を見る時のそれだ。しかしそんなことが気になる自意識を頭から振り払い、エウドキアは目を閉じる。

自分は今この瞬間のため、彼を闇の中から救い出すためにこの力を持って生まれてきたに違いない。エウドキアはそんな覚悟で意識を研ぎ澄ました。

これまで生きてきたことに、無駄なことなど一つもない。そのことを証明しなければならない。心の底からそう思う。そして、彼をこの窮地から救い出すことがそれにあたるように思えた。もしそれができたら、その時は自分のことを誇りに思えるような気がする。

「逃げた羊の内、およそ三分の一は南へ向かいました。それと二頭が西へ。それから」

いくらその場にあった水とはいえ人の残留思念ほどは鮮明にその光景が見られず、エウドキアは無意識に右の掌で眉間を押さえた。

「――この辺りに、イトハユリが群生している場所がありませんか？　橙色の、花です」

　エウドキアは、両手と顔をずぶ濡れにしながら誰にともなくそう尋ねた。周りのオズベクたちは戸惑ったようにしばらくざわめいていたが、やがてはっと我に帰ったような声でカガンが「ある！」と短く答えた。

「南東に、確か花壇にあるのと同じ百合の花が多く咲いている場所があったはずだ。そこにも家畜が逃げたのか」

「いいえ。そこに恐らく狗鷲の巣があります。――ただし、人禽種ではありません。単なる狗鷲です。ここの家畜を襲った、若い……岩壁の松の木に巣が――」

　動物の残留思念を見るなんて言うのは、エウドキアにとっても初めてのことだ。激しい体力の消耗と噎せるような血と獣の匂いで、エウドキアは血まみれの草の上へ倒れ込んだ拍子に盥をひっくり返した。それでも絶えず、掌を溢れた水に浸し続ける。

　必死になればなるほど、長い髪が血の混じった水溜まりに着いて雫が散った。鬱陶しくて気が散ってしょうがない。そのせいで余計に神経を消耗し、意識が朦朧としてくる。

「エウドキア！」

　しかし、途切れかけた意識をカガンの声が繋ぎ止める。

「……大丈夫。なんということはありません。そんなことより早く羊を探しに行って！」

　エウドキアがそう叫ぶと、まずアセナが馬に飛び乗って駆け出した。それにあてられるようにして、何人かの馭者の娘たちもあとに続く。男たちが動き始めたのはカガンに一喝されてからではあったものの、やがてその場に集まったオズベクたちは一丸となって逃げた家畜を探しに行った。

エウドキアはそれからもその場でまだ生きている羊たちの行方を探し続けた。やがてどれくらいかした頃、アセナの「いた！　本当にいた‼」という嗚咽まじりの声を聞いて、そこでエウドキアの意識はふっと白くなった。

ただしその瞬間。自分は愛しい人の腕の中にいて、泥だらけになった頬や髪を撫でられていたことだけは覚えている。

＊　＊　＊

エウドキアが見たその次の景色は、自分で選んだ色の寝台のカーテンだった。ウーラがひと月かけて刺繍したものだ。

「……くさい」

そして、どうして目を覚ましたかと言えば自分が異様に獣臭かったからだった。特に髪がひどい。長い上に量が多くおまけに波打っているので、臭いや汚れも染み付きやすい。

血や泥はきれいに拭き取られていたけれど、米のとぎ汁か何かでよく洗って香油でもふりかけておかないとこの髪は元に戻らないだろう。考えただけで面倒臭い。

しかし髪だけでなく顔も、体も、エウドキアは綺麗に拭き清められ下着まで換えられて寝台に寝かされていた。きっとウーラだ。カーテンの向こう側から、塩入りミルクティーの匂いが漂ってくる。

草原に建てたユルタは婚儀のユルタとは違い、寝るためのものだけでなく生活に必要なものを一揃い詰め込んだ〈家〉になっている。

上座に祭壇があるのは変わらないものの天窓の真下には煮炊きをするためのストーブがあって、そこより西側の壁際にカガンの寝台と馬具や武具、東側の壁際にはエウドキアの今いる寝台や炊事道具が置いてある。

要するに、ユルタの東半分が〈妻〉の場所で西半分が〈夫〉の場所だ。一緒に寝る時はどちらの寝台を使うのかというのが、素朴な疑問として残っているが。

「……ウーラ、ありがとうございます。面倒をかけ――」

エウドキアは下着一枚の体に寝台の上掛けを肩からかけてカーテンを開けた。

「ウーラでなくて申し訳ない。私だ」

「陛下⁉」

あんまり予想外の人物が部屋の中心にあるストーブでお茶を沸かしていたので、思わず再びカーテンを閉めてしまった。下着姿くらいなら別に見られたところで慣れたものだけれど、今はとにかく髪が汚いのが嫌で姿を晒したくない。

「なぜ隠れる」

カガンは不服そうな声を上げ、カーテンの外へ迫ってきた。エウドキアは上掛けの中に潜り込んで身を隠したものの、カーテンはいつまで経っても開く気配はない。

「……陛下?」

と恐る恐る顔を出して様子を伺ってみると、カガンはカーテンのすぐ向こうにいる気配はするものの、ずっとそこに佇んでいる。

「あ、開けないんですか?」

「開けていいのか?」

「いえ……」

「じゃあ、開けない。嫌な思いをするだろう?」

そんな律儀さに、エウドキアは思わずときめいた。世界で一番愛しい人に、世界で一番大事にされているような気になってしまう。熱い紅茶を飲んだみたいに喉元から胸、胸から腹がどんどん熱くなって、たまらない気持ちになる。

けれどそんな風に体が熱くなるのは、自分の感じたときめきの理由が〈気のせい〉じゃないことをエウドキアはもう知っているからなのだ。

「や、やっぱり開けていいです」

「本当に？」

「本当です！　何度も言わせないでください！」

とエウドキアが言い終わる前にカガンはカーテンを開け、エウドキアの丸まっている寝台の足元に腰掛けた。

「よかった。元気そうで」

「口が減らないと言いたいんですか」

「そうだな。可愛い声が聞けてほっとした」

本当に心底ほっとしたような口ぶりでそう言ったカガンは、上掛け越しにエウドキアの背中を摩る。そうして触れてもらっていると心まで温かくなってくるような錯覚を覚えるものの、いつまで経っても素直になれない自分が情けない。

「全然可愛くなんかないです。どうして私はいつも、こんなにつんけんした生意気な物言いばっかり……」

「そういうところがたまらないな。そなたは自分でも知らず識らずの内に、私に甘えてくれている」

「うう……」

「私にだけだものな。そなたがそんな減らず口を叩くのは」

図星すぎてますます上掛けから出ていけない。しかしカガンは上掛けの中から出てこないエウドキアをそのままぎゅうっと抱き締め、耳元で囁いた。

「しかし、そろそろ可愛い顔も見せてくれると有難いんだが？」

「……嫌です」

「どうして？」

「だって髪が――」

「ああ。……そうか」

カガンが合点したようにそう発したということは、やっぱり臭いと思われていたということだ。彼の一際愛してくれた髪が、そんな風に思われていると分かると情けなくて悲しくて泣きたくなる。

死にたいくらい恥ずかしい。彼に嫌われたら生きていけない。そんなことはないと思うけれど、それでも自分の綺麗なところしか見られたくない。

「――切るか。髪」

カガンがあまりにあっさりそう言ったので、驚いて思わず上掛けから飛び出した。そんなエウドキアを見てカガンは「やっと顔を見せてくれた」と言って微笑んで、それから髪をひと束手に取って弄ぶ。

「実は前から、鬱陶しそうで気の毒だと思っていたんだ。洗ったあとに乾かすのも一苦労だし、手入れが難儀だろう」

「でも陛下、陛下は髪が――」

「ああ。好きだ。そなたの髪はこの世で一番美しい。私はこの髪に見惚れ、そなたに心を救われたのだ」

そう言ってカガンは、弄んでいた髪の束へ恭しく口付けをして見せる。

「しかし……惚れたのは髪にだが、愛したのは生き様だ。置かれた場所で健気に生きるそなたに、私はどれほど生きる力をもらったことか」

どんな姿でも愛している。そう言ってくれているのが分かって、エウドキアはついさっきとは別の意味で泣きそうになった。

「陛下……」

心に染み込んでくる言葉の一つ一つが、温かくて重たくて心地いい。自分も同じものを返さなくてはならないと、強く強く思った。

「……ここで、髪を切って頂けませんか？」

「私が？　今？　私でいいのか？」

「もちろん。陛下以外に誰がいるというんです？　陛下じゃなきゃイヤです」

わざとつんけんして甘え、エウドキアは口を尖らせた。こういうのなら割に得意だ。

「……陛下の手で、きれいにして頂きたいんです。それから――」

エウドキアは自分の髪を弄んでいるカガンの手を取って口付けをして、彼の首元に抱きついて耳元で伝えた。

「――陛下がきれいにしてくれた私を、今夜は抱いてください」

全ての羞恥心と依怙地をかなぐり捨て、エウドキアはカガンの頬を、鼻先を、唇を軽やかに啄んだ。

「あ、あまり煽るな！　後悔しても知らんぞ⁉」

「この期に及んで後悔なんかしませんけど……陛下の方こそ、私がその気の内に済ませなければ後悔するのでは？」

煽るなと言われたそばから煽った。だって尻込みされたくない。カガンはまるで長い片想いが実を結んだ瞬間のように頬を紅潮させて、自分の寝台の下の物入れから鋏を出してきた。

＊　＊　＊

カガンはエウドキアの髪をためらいなく切り落とし、顎のあたりに掛かるか掛からないかくらいの長さで揃えてくれた。少しは名残惜しいというか寂しい気持ちになるかと思ったけれどそういうこともなく、強いて言えば、寝台の上に押し倒された時に散らないのはあんまり色っぽくないな。と思ったくらいだった。

「……髪、また伸ばしますね」

「そうか？　短いのも似合っているが」

「こうして愛し合ってる時、ふわっと枕の上で長い髪が波打っていた方が色っぽいと思うんです」

そう言ってエウドキアがちらりと自分の耳のあたりを一瞥すると、カガンは愉快そうにくすくす笑ってその耳にエウドキアの髪をかけた。

「そなたもなかなかの趣味人じゃないか。……しかしどんな髪型でも、背が伸びても日に焼けても、エウドキアはエウドキアだ。どんな姿だって、変わらず愛し続けると誓おう。私の可愛いエウドキア」

カガンはまるでなんでもないことのように言って、エウドキアの耳朶を甘噛みし、うなじに唇を寄せ、それから鎖骨に舌を這わせた。

「あっ、ん……陛下、知ってて……っ！」

「私はずっと同じことを言い続けていたと思うんだがな。どうだったろう。――愛しているよ。可愛いエウドキア。美しい我が妻。……こんな日が訪れるなんて、まるで夢の中にいるようだ」

確かに、ザハール＝カガンは出会ったその日から同じことしか言っていない。それを信じなかったり、真に受けなかったり、疑ったり無視したりしていたのはひとえにエウドキアの方だ。全くの独り相撲だ。

「……陛下。私も――」

「ん？」

「――愛しています。ザハール＝カガン。愛しい私の夫。運命のひと。今夜はご存分に愛してやってください。可愛がって、めちゃくちゃにしてください……」

照れから一息にそう言って、エウドキアはまたカガンの首元にしがみついてその体を自分に引き寄せた。そして、まだ下着をつけたままの下肢を寄せる。どうしてか分からないけれど、本能がそうするべきだとエウドキアに教えた。

カガンはそんなエウドキアの唇を奪い、激しく唇を愛撫した。まるで食い尽くされてしまいそうなほどの情熱的な官能の口付けに、胸はこれ以上はないというくらいに早鐘を打ち耳の奥がじんと熱くなってくる。二人を隔てている下着がもどかしい。

「ふ……あ、はぁ……陛下……？」

不意にカガンはエウドキアの唇を放し、振り向いて天井を見た。

「いや……天窓が開いてやいないかと」

「開いてないですよ。初夜じゃあるまいし……第一、今日は満月じゃありませんから大丈夫です」

自分でその時のことを口にして、少し後悔した。怖くなったからではない。カガンが気にするのではないかと思われたからだ。

「――それに、こうすれば天窓が開いてたってお構いなしです！」

なので、慌てて寝台のカーテンを閉めた。

「こんなこともあろうかと、準備だってばっちりです」

そして寝台の下から物々交換で手に入れた香油の薬壺を出して見せ、エウドキアはカガンの度肝を抜いた。

「そなた、いつのまに……」

「昼間のお祭りで、小さくなったドレスと交換したんです。……出店、いつ見にいっても女の方達がたくさんいて大変だっ――んっ、んぅ、」

エウドキアが言い終わる前に、カガンはその唇をまた口付けで塞ぐ。抱きすくめられたままエウドキアはカガンの腹の上へ座らされ、下着が取られた。

「やっ、あ、陛下っ」

「……やっぱり、エウドキアはどこもかしこも美しいな」

生まれたままの姿にされると、熱い視線を下肢に感じた。エウドキアのそこには髪と同じ色の頼りない茂みに包まれた、起ち上がってはいても彼のものに比べるとだいぶ控えめな姿の桃色の枝がある。

背が伸びても筋肉がついても変わらない貧相な部分は、まじまじ見られるとやっぱり少し恥ずかしい。

「――あんまり見ないでください。恥ずかしいです」

「そうか。すまな――」

「あ、や、やっぱり見てください！」

「ははは！　どっちだ⁉」

カガンは愉快そうに笑う。けれどエウドキアはその声の震えに彼の野生を感じ取って、背筋を期待と不安にぞくりと震わせた。

「――恥ずかしいけど、恥ずかしくなくなるくらい……見て欲しい。私の全部を知って、愛して欲しいから」

そう言ってエウドキアは薬壺に手を伸ばし、彼を跨いだまま少し後ろに下がった。すると尻のあわいに彼の熱いものが不意に触れ、その拍子に「あっ」と喉から強請るような高い声が上がった。

「エウドキア……」

カガンは顔を真っ赤に紅潮させている。エウドキアも自分の喉が発した声が急に恥ずかしく思われてきて、思わず両手で口を塞いだ。

「びっ……くりするくらい可愛いな」

「か、かわいくないです」

「いや。可愛い。嘘みたいに可愛い。……うそじゃないよな?」

「嘘ってなんですか。そんなわけないでしょう」

ひとりでドレスを抱え、どきどきしながら香油を選んだりして盛り上がっていたのがそれこそ嘘みたいに恥ずかしくなった。

しかし、恥ずかしいと思っている内にエウドキアの控えめな性器はカガンの大きな手に包まれ、強い力で愛撫される。

「あ、やっ、ああっ‼　へいか、それっ、あ、あぁっ⁉」

「まさか……自分でこうして触ったこともないのか？」

　容赦を乞うみたいに何度も頷いた。すると体が揺れた拍子の刺激も下肢に伝わり、電撃のような強い快感にわけが分からなくなった。

「やぁっ、やだっ、あっ、うそっ、あっ！　お、おかしくなる……っ！」

　身も世もなく叫びながら、無我夢中で大きく脚を開き腰を突き出す。恥ずかしいとかみっともないとか、そんなことを考えている余裕はまるでなかった。初めて拓かれたエウドキアの体はただただカガンから与えられる快感を渇望し、桃色の枝は震えながら汁を吐き続ける。

「あ、あ、へいか、もっとさわって……さわってください……」

　そう言っている間にもどろどろしたものを出し続けている自分の体が気持ち悪いなとエウドキアは思いはしたものの、与えられた快感に抗えなかった。

　カガンもまた、待ったはなしといった張り詰めた表情でエウドキアの濡れた瞳を覗き込んで口付けを繰り返す。

「……可愛い。愛しいエウドキア。幸せにする。一生そばにいてくれ」

「へいか……ザハールさま……好き……好きです……愛してる。私のことを離さないで。他の誰も見ないで――私だけ、幸せにして……」

カガンはエウドキアの唇を、エウドキアはカガンの唇をお互い無心に貪り合いながら、きつくきつく抱き合って互いの体を密着させた。

エウドキアは、自分の下肢が彼の体に擦れるたびに嬌声を上げて震える。喜びのままに快楽を受け入れられる幸福に、自然と頬を涙が伝っていった。

「はあっ……はぁっ……あ、ああっ、ザハール、さまっ……いいっ、あ、気持ち、いい、です……」

カガンの唇はエウドキアの小さな桃色の乳首を食み、指は尻のあわいを弄る。寝台のカーテンの中は香油の花の匂いと、お互いの体液のにおいと、それに短くなったエウドキアの髪に染み付いている土と獣の臭いが混ざり合って充満している。

そのえも言われぬ野生的な官能の香りによって快楽がますます深まるような気がして、エウドキアは胸いっぱいにその香りを吸い込んだ。

「あぅ、あ、いっ……」

「痛いか?」

痛いと言ったらやめられてしまいそうだ。なので、大きく首を横に振って「いっぱいさわって」と返す。

「どこを触って欲しい？　ここか？」

「あ、んんっ！　そう、そこっ……あ、あ、でも、中もっ……」

カガンは自身の猛りを押し付けエウドキアの性器を刺激した。エウドキアも夢中になってそこを押し付けながら、臀部にも力を入れて彼の指を飲み込もうと試みる。

「私のこと、愛して……抱いてください……可愛がって、めちゃくちゃに……あなただけのものにしてください……」

両手で彼の頬に触れ、脚を絡めて強請った。初めてのことに——初めての愛を分かち合う交わりに、胸が踊る。それは彼も同じようで、どこか楽しげにエウドキアの両膝の裏を持って自身の先端をそこへ当てがった。

「……そなたは、どうしてこんなに美しいんだろう。まるで花の妖精のようだ」

「ふふふ。妖精ですよ。陛下こそまるで、獣のように逞しくて素敵です」

「それはまあ、私はけだものだからな。認めるにやぶさかではない」

いざその瞬間に至ってみるとそんな軽口が飛び出して、なんだか笑ってしまった。けれどエウドキアは、自分の中に彼が入り込んでくるその熱さにすぐに息を詰まらせた。

「あ、あ、あぁっ——っ！」

「へい、か、あ、きもち……いい、あ、はぁ……っ」

「エウドキア……っ！」

陶然として自分を見下ろしているカガンの頭の上に、いつの間にか三角の耳が飛び出していた。髪と同じ冴え冴えとした銀色の毛皮に包まれた、獣の証だ。

それだけ夢中になっているんだなあと思うと愛おしくて、エウドキアはその耳に触れながら「動いてもいいですよ」と微笑んだ。

「あ、はぁっ……んっ、あぅ、あ、あ、へいかっ、あ、あっ、すき……っ！」

カガンはもう何も言わない。それでも、愛情は伝わってくる。ふうふう言いながら夢中になって腰を振って、気持ち良さそうに目を細めて。きっと気を抜いたら彼はまた狼の姿になってしまうに違いない。

それでもいいかな。とエウドキアは思ったものの、きっと彼は嫌なんだろう。あくまで人として愛を分かち合おうとしている懸命さが、エウドキアには何より健気に、何よりも愛おしく思えた。

「陛下……あ、あっ、ザハール、さまっ！　また、きもちいいの、きちゃうっ……っ‼」

体の奥の方までたっぷりと彼の愛で満たされて、感じるままにエウドキアは悦びの頂に昇り詰めた。

目の前でぱっと火花が散ったように視界が白くちかちかして、つま先がぴんと強張って震える。ただただ幸福で、ただただ明るい気持ちだ。

「……大丈夫か？」

カガンは額に汗で張り付いたエウドキアの前髪を払いながら、気遣わしげにエウドキアの顔を覗き込んだ。体は少しだるいけれど、まだ中にいる彼が元気なのに気付いて嬉しくなって、すぐにまたむらっとした。

「大丈夫です。まだまだ全然――足りない」

エウドキアがそう言ってカガンのしっぽの付け根を指でなぞると、カガンはぞくりと背筋を震わせ、エウドキアの中でその猛りを膨らませた。

「陛下……もしかしてここ、気持ちいいですか？」

「……よく分かったな」

「だって、ここ、擦ると……あ、あっ、すごいっ、なかっ……がっ！」

「だから！　あまり煽るなと言っている‼」

とは言われたものの、エウドキアはたっぷりの愛情と性欲と少しの好奇心のまま、彼の体に触れ続けた。

「煽ってなんかいません。……ただ、陛下と一緒に気持ちよくなりたいだけです」

「……それを『煽っている』と言うんだ。覚えておくといい」

　カガンは少し呆れたような、何か観念したような口ぶりで言ってまたエウドキアに深く口付けをした。けれどお互いに触れ合って高め合って、そうして昇り詰めた場所の景色が美しくないわけがないのだ。

＊　＊　＊

　気が付いた時には朝になっていて、カガンは狼の姿で足元に丸まっていた。意識を手放していた間にも触れ合っていたとしたらなんて勿体ないんだろうと思ったけれど、まあ、それはこれからいくらでも、飽きるほど取り返せばいいかと気を取り直した。

「……わ。もう暑いや」

　流石に体が拭きたくて、水を汲みに行くために服を着て外に出る。まだうっすらと明るいだけの朝なのに、もう立っているだけでじんわり汗が出てきた。

「ああ――ごめんなさい。起こしてしまいましたね」

「ん。おはよう」

　戸口でぼんやり朝日に照らされる花畑を眺めていたら、後ろから下着を一枚着けただけの彼に抱きすくめられた。ついさっきまでいいだけ抱き合っていたというのに、少し触れられただけでまた気分が高ぶってくる。

「どうした？　赤い顔をして」

「いえ、その……私は、自分がこんなにも好色な人間だったなんて知りませんでした」

「そうか。——それは実に、夫冥利に尽きるな」

そう言ってカガンは愉快そうに笑い、いたずらにエウドキアの耳を甘噛みした。その官能的な心地好い痛みに、服を着てしまったことを少し後悔した。

「……きっとこれからもこんな風に私は、自分でも知らない自分のことをあなたに教わるのでしょうね」

「そうかも知れないな。……しかし私も、そなたにはたくさんのことを教わった」

エウドキアを背中から抱きすくめていた腕がふっと離れ、カガンはユルタの戸口に咲いていた小さな黄色い花を一輪手折った。

「——金露梅(きんろばい)。で、合っていたかな？　バラの仲間だ。確か、庭にも咲いていた」

カガンは手の中にある可憐な花の名を、見事に言い当ててみせる。

「すごい。正解です！　では、こっちは？」

今度はエウドキアが、自分の足元に咲いていた青い花を手折った。

「ん……なんだろう。分からないな。教えてくれるか？」

「デルフィニウムです。蕾の形がイルカに似ているので、ネレイデスではイルカ草と呼ばれていました」

そうして二人で手折った花を、エウドキアはチャイグラスに活けて祭壇に飾った。花瓶を持って来なかったのは失敗でした。とカガンに話したら彼は、ではひとっ走りバザールへ戻って見繕ってこようか。と微笑んだ。

こんなことを繰り返して行けたらいいと思う。思いやったり触りあったり、気持ちいいことや楽しいことを延々と。何日も、何年も、いつまでも。

そうしてずっと暮らしていけたら、それ以上の幸福などはきっと世界のどこにもない。

END

■あとがき■

お久しぶりです。もしくは初めまして。姓をくもは名をばきと発します。今作「オオカミ陛下は愛妻家」では初めて本格的なファンタジーを書かせて頂きましたが、いかがでしたでしょうか。お楽しみ頂けていたら幸いです。

新しい作品の執筆に取り掛かる時には、いつも割と念入りに取材(中国まで変瞼を見に行ったり、ホストクラブにシャンパンコール聴きに行ったり)を行います。が、今回の取材先はさすがに図書館が中心でした。

ウルジュスの風俗や習慣は近世の中央アジア文化を下敷きにしていますが、調べれば調べるほど中央アジアの歴史や文化は沼が深く「これ全部ぶっこんだら大変なことになる!」と思って大半捨てました。神は細部に宿るとよく聞きますが「ほんまかいな」と首を捻ることしきりです。頼みますよ! 細部の神様!

世界観もさることながら、内容もまた今まであまり手を付けて来なかったタイプの物だったのでとても勉強になりました。

何が一番勉強になったって、結局どんなプロットでもいつも言いたいことや守りたいものは同じだし、あんまりテイスト変わらないんだなということです。

なのでこれからはあまり欲張ったことをせず、自分は自分と開き直って(笑)、この世のどこかにいるであろう「私と同じ誰か」の心に寄り添えるものを少しずつでも届け続けられるよう、試行錯誤していきたいと思います。

とりあえず作品の舞台が東アジア↓東南アジア↓中央アジアと来たので、次はアラブ世界あたりを舞台にしてみたいです。目指せヨーロッパ！

最後になりますが、今回素敵なイラストを賜りました北沢きょう先生に厚くお礼申し上げたいと思います。身に余る光栄でございました。

また、担当編集のHさんにも心よりの感謝をお伝えしたく存じます。突然のご異動により今作を最後までご一緒できなかったことが残念でなりませんが、今後ますますのご健勝をお祈り申し上げます。

そして、いつも私の書いたものをお手元に置いてくださる、そして、今作で新たにお手に取ってくださいました皆さま。この作品があなたの心に束の間寄り添い、慰めになるものであれば幸いです。ままならない日々が続きますが、お互いに頑張っていきましょう。

二〇一九年十一月某日　カザフ刺繍と窯焼きパンに夢中のくもはばき

初出
「オオカミ陛下は愛妻家」書き下ろし

この本を読んでのご意見、ご感想をお寄せ下さい。
作者への手紙もお待ちしております。

あて先
〒171-0014東京都豊島区池袋2-41-6
第一シャンボールビル7階
(株)心交社　ショコラ編集部

オオカミ陛下は愛妻家

2019年12月20日　第1刷

著　者:くもはばき
発行者:林 高弘
発行所:株式会社　心交社
〒171-0014　東京都豊島区池袋2-41-6
第一シャンボールビル7階
(編集)03-3980-6337 (営業)03-3959-6169
http://www.chocolat_novels.com/
印刷所:図書印刷 株式会社